D0885655

École élémentaire catholique
St-Joseph, Wendover
3250, rue Principale, C.P. 70
Wendover (Ontario) K0A 3K0
613-673-5276

DIX CONTES DE DRAGONS

JACQUES CASSABOIS

DIX CONTES DE DRAGONS

© Librairie Générale Française, 2007.

Pour Anna, Laura et Julien, Lucien, Manéo, Romain,
Pour Augustin, Elliott, Hélène et Victor,
Valentine et Baptiste.

1

Dragonneau

conte de Chine

Où l'on voit les efforts d'une mère, pour trouver un métier à son enfant.

Dragonneau était un cas. Il n'aimait que la facilité et dès qu'il avait un effort à fournir, il se sentait fatigué.

Sa mère ne l'avait pas élevé différemment de ses autres enfants. Du moins le pensait-elle. Elle s'était toujours montrée mesurée. Ni trop sévère, ni trop indulgente. Elle l'avait dorloté ce qu'il fallait, avait accepté ses caprices en sachant mettre le holà et veillé que nourrices et gouvernantes agissent elles aussi avec équilibre et bon sens. Pourtant, lorsqu'on exigeait quelque chose de lui, Dragonneau, contrairement à ses frères et sœurs, faisait la moue et se braquait. On avait beau l'encourager, lui promettre des récompenses, monts et merveilles parfois, rien n'y faisait. Il n'aimait pas qu'on l'oblige, voilà ! C'était dans son tempérament.

— Qu'est-ce qu'on va bien pouvoir faire de lui ? s'inquiétait la maman, en voyant passer les années. Il va bientôt être en âge d'entrer dans la vie active et il ne sait rien faire de ses dix griffes !

Elle était doublement préoccupée. D'abord parce qu'elle avait toujours assumé l'éducation de ses enfants et qu'elle se sentait responsable de l'échec de son dernier. Ensuite, parce qu'elle n'était pas une mère ordinaire. Elle était l'Impératrice des dragons et elle ne pouvait admettre qu'un seul membre de sa famille devînt une charge pour la société.

— Être fils du grand Dragon impose plus de devoirs que de droits ! expliquait-elle à son fils. Tu dois donner l'exemple et travailler.

Tous ses aînés accomplissaient de belles carrières. L'un dirigeait déjà le Service des Pluies, un autre était adjoint au ministère de l'Évaporation et gérait le cycle de l'eau, d'autres étaient en charge des Vents et les plus jeunes poursuivaient leur apprentissage chez des Maîtres importants : Maîtres des Gouffres de la Terre, des Océans, de la Formation du givre, de la Naissance des aubes, des Volcans... Tous étaient conscients de leur rang et prenaient leur tâche très au sérieux. Seul, Dragonneau, l'énigme de la famille, cultivait l'insouciance !

Le jour vint où il fallut bien prendre une décision, car ici et là dans le palais céleste, on commençait à faire remarquer (poliment certes, les dragons ne sont pas des malotrus), qu'il n'avait pas encore d'emploi.

— Où ?... s'interrogeait l'Impératrice. Où vais-je le caser ?...

Elle passait en revue les administrations de l'Empire et les éliminait les unes après les autres.

— Non, pas ici... trop fatiguant ! Inutile d'essayer. Là non plus... trop de présence. C'est la catastrophe assurée.

Elle trouvait toujours une contrainte qui risquait de tout faire capoter.

— Je ne vois qu'une solution, se résigna-t-elle en soupirant. L'affecter aux cuisines, pour surveiller la cuisson des plats. Ce n'est pas un emploi très brillant, mais c'en est un tout de même.

Par précaution, elle souhaita qu'il s'occupe d'abord de ses propres repas, pour mieux juger de la qualité de son travail.

— Tu as bien compris ? lui demanda-t-elle, après lui avoir expliqué ce qu'elle attendait de lui.

— Oui, mère !

— Empêcher le feu de tomber, pour un dragon, ce n'est pas bien sorcier !

— Non, mère !

Il n'était pas contrariant. C'était sa seule qualité.

Au début, Dragonneau s'appliqua et suivit à la lettre les consignes de son supérieur. Feu vif lorsqu'il fallait saisir les viandes, feu doux pour mijoter les ragoûts. Il n'avait pas son pareil pour tenir une veilleuse, du bout des lèvres, pendant des heures ou, au contraire, pour cracher l'enfer à pleine gueule. Il était doué et bientôt, étonné par ses capacités, il se mit à inventer des flammes nouvelles. De toutes les formes, de toutes les couleurs. De mémoire de dragon, on n'avait jamais vu pareille fantaisie.

La cuisson, hélas, s'en ressentait et l'Impératrice était aux premières loges pour constater le changement. Ses plats étaient ou trop cuits, ou trop crus, mais restaient encore dans les limites du consommable.

« Patientons, se disait-elle. Il débute. Il va s'améliorer. »

De son côté, le chef cuisinier rappela Dragonneau à l'ordre, avec courtoisie, mais fermeté.

— Prince, vous pouvez autant qu'il vous plaît, vous adonner à vos talents d'artiste en dehors de vos heures de service. Mais, tant que vous êtes en cuisine, vous devez cuire. C'est impératif !

Dragonneau, vexé, fit la grimace. Travailler n'était vraiment pas drôle. Il obéit en bougonnant et se désintéressa de son ouvrage. Un jour, il s'ennuyait tellement qu'il s'endormit et le maître d'hôtel, horrifié, présenta un repas indigne à l'Impératrice.

— Cette fois-ci, il dépasse les bornes ! s'écriat-elle en quittant la table. Il a besoin qu'on lui mette les points sur les « i » !

La médiocrité de son fils éclatait au grand jour. Furieuse, elle se rendit aux cuisines, saisit un tisonnier et administra une sévère correction à son fainéant. Elle n'y allait pas de main morte, la maman ! Les écailles voltigeaient et Dragonneau avait beau se protéger, les coups pleuvaient et faisaient mouche. La vraie manière forte !

— Je vais te mettre du plomb dans la cervelle, moi ! On va voir si tu ne vas pas bientôt te conduire comme un dragon adulte ! Tu n'es plus un gamin !

Redoutable quart d'heure !

Lorsque l'orage fut passé, Dragonneau, la carapace un peu cabossée, se redressa avec un air important.

— Mère, protesta-t-il, j'ai du talent ! J'en ai

pris conscience devant les fourneaux. Mais ici, je végète, je m'abîme... Confie-moi un poste où je pourrai donner ma pleine mesure. Je te jure que tu ne seras pas déçue.

La mère ne semblait pas aussi convaincue que le fils. Elle le regardait en hochant la tête, songeuse.

« C'est étrange, pensait-elle. Je ne l'ai jamais entendu parler de cette manière. Son séjour aux cuisines commencerait-il à produire des effets ? Si je le prenais au mot ? »

Elle savait qu'elle courait un risque. Mais qui ne tente rien n'a rien. Après l'expérience d'un travail monotone, une véritable responsabilité parviendrait peut-être à débloquer son enfant pour le placer enfin sur la bonne voie. Le jeu en valait la chandelle !

— Bien ! décida-t-elle. J'ai quelque chose qui te conviendra parfaitement. Une mission de toute confiance. Si tu t'en donnes la peine, tu devrais y faire des étincelles !

— Oh certainement, mère ! assura Dragonneau, impatient de quitter les marmites.

— Tu vas descendre sur la Terre. Je te charge de l'entretien des montagnes.

« La Terre ? Chic, la liberté ! rêvait déjà Dragonneau. Personne sur mon dos pour me tara-buster ! »

— Tu connais toute l'importance des montagnes, insista l'Impératrice. Elles soutiennent notre ciel. Elles doivent toujours demeurer dans un état impeccable.

Dragonneau n'écoutait plus.

— Oui, mère ! Je sais, mère ! répondit-il. Je pars sans perdre une seconde.

Il déploya alors ses fines ailes arc-en-ciel et prit son envol, dans un élan tout de grâce et de majesté.

— J'espère que je ne me trompe pas, murmura l'Impératrice en le regardant s'éloigner.

Le bel enthousiasme de Dragonneau ne fit pas long feu. Il refroidit brutalement à l'atterrissage. Un désordre inimaginable attendait le lascar. Un chaos de commencement du monde. Des rochers gigantesques, pêle-mêle. Des sommets vertigineux, zébrés de fissures, instables. Des crevasses béantes... Un paysage de misère. Des ruines !

— Ça, les montagnes ! s'exclama-t-il en s'enfonçant dans les éboulis.

Il repensa aux paroles de sa mère.

— Ah, elle s'est bien gardée de me donner des détails ! Si j'avais su !...

Furieux de s'être laissé duper, il considéra l'ampleur de la tâche qui l'attendait.

— Même pas d'endroit où dormir ! ronchonna-t-il en soufflant un brouillard de suie. Je vais commencer par me faire un lit !

Il entreprit de déblayer un vaste espace, balayant les pierres avec sa queue, faisant voltiger les graviers jusqu'au ciel qui disparut derrière des nuages de poussière. Sa mauvaise humeur décuplait son énergie. Il jonglait avec les rochers, comblant les crevasses avec les plus biscornus, se réservant les plus réguliers pour construire une muraille à l'abri de laquelle il s'installa un logis douillet.

— Au moins, ça commence à ressembler à quelque chose ! s'exclama-t-il, satisfait de lui.

Les poings sur les hanches, il contemplait son œuvre. Si seulement, il avait voulu se donner plus de peine !... Mais non ! Seul son confort l'intéressait. Il ne regardait pas plus loin.

Il s'apprêtait à essayer son nid, lorsqu'un dragonnet du service des Messageries de l'Empire atterrit auprès de lui.

— Courrier spécial, prince ! annonça le coursier en lui remettant un pli. De la part de l'Impératrice. C'est urgent. Elle exige une réponse. J'attends.

Sa mère, heureusement, continuait de lui tenir la bride à distance.

— Pas moyen d'être tranquille, bougonna Dragonneau.

Il décacheta le message et lut.

Rends-toi sans tarder sur le mont Taishan. Un séisme a dévasté la région. La montagne a beaucoup souffert. Empresse-toi de réparer les dégâts. Il faut la consolider coûte que coûte. Il en va de la stabilité du monde. Le Taishan est un de nos quatre grands piliers. À lui seul, il soutient tout le quart nord-est du ciel. Tu sais ce que cela signifie. Je compte sur toi.

Le message ne laissait guère le choix de la réponse.

— Je pars ! maugréa-t-il, plus grognon que jamais. Bien obligé !

Son envol fut beaucoup moins gracieux que lors de son départ pour la Terre. Néanmoins, malgré son dépit, il atteignit la zone dévastée. Elle ne paraissait pas plus délabrée que celle qu'il venait de quitter. L'Impératrice faisait des chichis pour pas grand chose !

— Commencer d'un côté, commencer de

l'autre !... s'écria-t-il. À ce train-là, on n'aura jamais fini !

Il en voulait à sa mère de l'obliger à travailler. Il en voulait à la Terre de trembler.

— Sûr qu'elles sont de mèche toutes les deux ! gronda-t-il en tapant des pattes, lourdement. Elles ont manigancé un coup pour m'empêcher de me reposer. Je ne me laisserai pas mener par les naseaux ! Puisque c'est comme ça...

Il n'acheva pas sa phrase. Il se coucha sans même déblayer les cailloux qui lui talaient les côtes et il s'endormit aussitôt, pour protester.

Capable du meilleur, mais rarement, préférant le pire le plus souvent, Dragonneau se montrait plus irresponsable que jamais. En effet, s'il avait pris la peine d'inspecter les lieux, il aurait vu que l'inquiétude de sa mère était justifiée. Le mont Taishan hurlait au secours, littéralement. Cela sautait aux yeux. Sapé à la base par une crevasse gigantesque, il menaçait de s'écrouler à la première secousse.

Mais qu'est-ce que la stabilité du monde, comparée à la rancœur d'un jeune dragon mécontent ?

Ce qui devait arriver arriva. Dragonneau, bien au chaud dans sa colère, s'endormit comme un bienheureux et ne tarda pas à ronfler. Des ron-flements sonores qui achevèrent ce que le séisme avait commencé. Tout vibrait, tout tremblait. Un tintamarre insupportable ! Le Taishan n'en pou-vait plus et il finit par s'effondrer pour ne plus rien entendre.

Quel réveil en fanfare ! Dragonneau fut ense-veli sous des tonnes de décombres et mit des heures à se dégager. Lorsqu'il parvint à la sur-face, toussant, crachant, couvert de terre et de gravats, il trouva en face de lui, un comité d'accueil inattendu : sa mère l'Impératrice, accompagnée du premier régiment de dragons !

Il comprit alors qu'il avait dû commettre une grosse bêtise.

— Regarde ! lui dit sa mère, en désignant le ciel.

Elle était tellement hors d'elle qu'elle ne criait même pas.

Dragonneau leva la tête en se frottant les yeux rougis par la poussière et découvrit l'ampleur du désastre. L'immense carré du ciel qui avait perdu l'un de ses plus robustes piliers, penchait effroya-blement. De la Terre, on apercevait les remparts de la Cité céleste, les toits du palais. Horreur ! Des quartiers extérieurs s'étaient même détachés et semblaient glisser vers le gouffre. Toute une partie du ciel risquait de basculer sur la Terre. Et qui sait si le reste de la ville, déséquilibré, ne risquait pas de dégringoler à son tour ?

— Saisissez-le ! ordonna l'Impératrice au général des dragons.

— Attends, maman ! Je vais t'expliquer... essaya de protester l'insensé.

Taratata ! Un ordre était un ordre et le vieux militaire ne plaisantait pas avec la discipline. Dragonneau fut aussitôt ramené au ciel par une escouade de soldats, et jeté dans un cachot du palais.

Pendant ce temps, tous les dragons disponibles furent réquisitionnés pour aller reconstruire la montagne.

Un prince en prison ? Personne n'avait jamais entendu parler d'une telle sanction ! Mais l'Impératrice n'avait puni son fils avec sévérité que pour bien lui inculquer les limites à ne pas franchir. Elle n'était pas satisfaite pour autant et elle n'avait nullement l'intention de le laisser croupir en prison, car l'objectif principal demeurait : comment lui donner le goût du travail ?

Elle le fit rapidement libérer et comparaître devant elle.

— Pas question que tu restes sur un échec ! lui lança-t-elle. Ressaisis-toi ! Je te garde toujours ma confiance. Pour te le prouver, je voudrais que tu te charges des Mers orientales. Un poste intéressant, non ? Utile aux hommes qui vivent de la mer. Ils te seront reconnaissants de ton travail. Ils t'aimeront.

Dragonneau ne partageait pas l'enthousiasme de sa mère. Elle avait dit : « Je voudrais que tu te *charges*... » Mauvaise idée. Ce dernier mot le fatiguait déjà.

— Tu veilleras à la régularité des marées, tu contiendras les tempêtes... C'est simple, n'est-ce pas ? poursuivit l'Impératrice pour lui donner envie. Et tu auras les typhons à l'œil, aussi. Tu n'hésiteras pas à leur rabattre le caquet, s'ils font les importants.

— C'est que... objecta mollement Dragonneau. Je ne sais pas nager, mère.

— La belle affaire, tu apprendras ! Tous les poissons se bousculeront pour t'offrir leurs services. Tu verras.

— Bien, mère ! acquiesça-t-il.

Pour la seconde fois, il quitta donc le ciel et s'envola pour les côtes des Mers orientales. Les poissons l'attendaient. Il y avait des requins, des raies, des espadons et tant d'autres que Dragonneau découvrait. Tous désiraient l'aider. Il était bien embarrassé pour se choisir un seul professeur. Alors, pour ne vexer personne, il engagea tout le monde. Mais quel charivari, lorsqu'il se mit à l'eau ! Tous parlaient à la fois, voulaient donner la leçon, faire valoir leur technique de nage, la meilleure... Dragonneau ne comprenait rien. Heureusement, une orque arriva, imposa le silence et dirigea elle-même la séance.

Sous sa conduite, l'apprenti fut rapidement débrouillé. Puis, une fois les rudiments acquis, l'orque confia l'élève à ses frères marins. Ainsi, de leçon en leçon, chaperonné par des virtuoses de la natation, Dragonneau ne tarda pas à devenir un véritable Maître nageur.

Hélas, l'eau était si bonne, la compagnie de ses nouveaux amis si plaisante, qu'il ne pensait plus à sortir de son bain. La mission que sa mère lui avait confiée ? Quelle mission ?... Quelle mère ?... Il avait tout oublié. Il ne connaissait plus d'autre mère que la mer ! Il passait tout son temps à l'explorer, guidé par les poissons. Les récifs, les épaves, les grottes mystérieuses, et les frissons, dans l'obscurité des grandes profondeurs... Quelles sensations ! Quels périples ! La liberté absolue !

Pendant qu'il excursionnait ainsi, les flots et les vents qui n'étaient plus surveillés en profitèrent. Les marées n'en faisaient qu'à leur tête, se retirant au large pendant des jours et quand elles avaient cessé leurs caprices, les tempêtes prenaient le relais et s'en donnaient à cœur joie.

Les rivages furent dévastés et les nuages qui s'étaient amoncelés, commencèrent à se vider sans pouvoir s'arrêter. Les rivières gonflèrent, grossirent les fleuves qui, à leur tour, débordèrent et roulèrent en grondant vers les mers. Celles-ci avaient beau être vastes, leur niveau s'éleva tellement que toutes leurs eaux se mélangèrent. Un grand océan apparut à l'Orient qui enfla et avança à la rencontre des océans de l'Occident !

Une catastrophe universelle se préparait. Dragonneau en avait-il conscience ? Pas du tout ! Il avait bien constaté que la mer était plus étendue, mais il se moquait d'en connaître la raison. Au contraire, elle lui offrait toujours plus de voyages, toujours plus d'aventures. La belle vie continuait !

Quand tous les océans n'en formèrent plus qu'un seul, quand la Terre fut totalement submergée, les niveaux continuèrent à monter, puisque personne n'était capable d'empêcher les tempêtes de nuire. Les eaux atteignirent ainsi les marches du palais céleste.

Un matin, en sortant de chez elle, l'Impératrice se mouilla les pieds. Elle recula, horrifiée.

— Quoi ! s'exclama-t-elle. La mer attaque le ciel !

Aussitôt, elle comprit et poussa un long cri.

— Encore lui !

En l'entendant, les flots reculèrent, intimidés, et commencèrent doucement à refluer.

— Ah, tu ne veux pas comprendre !... Ah, tu prends mon indulgence pour de la faiblesse !... enrageait-elle comme si son fils était présent.

Pour l'heure, il fallait parer au plus urgent : remettre les mers à leurs places et pour cela, évacuer les surplus. Le plan était simple et tous les dragons apportèrent leur contribution. Chacun buvait, se remplissait autant que son ventre pouvait contenir, partait se vider dans l'espace et revenait. Une tâche redoutable ! Les dragons l'accomplirent au péril de leur vie. En effet, pour la première fois de leur existence, ils crachèrent... de l'eau. Fait unique dans l'histoire des dragons ! Comment leur feu intérieur allait-il sortir de cette épreuve ? Aucun ne protesta. Il en allait de la sauvegarde de l'univers.

Des navettes incessantes tournoyèrent entre leur ciel et les étoiles. Des constellations de vapeur apparurent. Elles témoigneraient longtemps de la grande bataille menée par les dragons. La guerre du feu contre l'eau !

Après des semaines d'efforts ininterrompus, les mers, vaincues, regagnèrent leurs bassins et Dragonneau qui s'était laissé piéger sur un rocher par le reflux, fut cueilli par les gardes impériaux et conduit sans ménagement devant sa mère.

— Où étais-tu ? Que faisais-tu ? Est-ce que tu te rends compte que, par ta faute, il va falloir reconstruire le monde ?

Dragonneau baissait la tête, sans un mot. Il pensait à ses amis poissons, aux délicieux instants passés à leurs côtés. Ses souvenirs étouffaient la colère de sa mère. Il l'entendait à peine.

L'Impératrice s'en rendit compte.

« Que faire ? se demandait-elle, prise au dépourvu. Je crois bien que son cas est désespéré. Il n'y a rien à en tirer. Il ne ressemblera jamais à ses frères. »

Elle ne nourrissait plus aucune ambition pour lui.

« Je ne vais tout de même pas le supprimer ! »

Elle hésitait. Elle se rendait compte qu'elle devait l'accepter tel qu'il était. Cela ne servait à rien de vouloir le changer, mais ce constat la rendait amère.

« Il faut que je m'y fasse, songeait-elle. Toute sa vie, il faudra l'accompagner... »

Un mot lui vint à l'esprit qui lui donna le frisson.

« L'assister ! »

Elle aurait tant voulu qu'il soit indépendant.

Comme elle ne pouvait lui confier aucune responsabilité, elle le fit entrer chez le Maître du Tonnerre. Celui-ci lui donna le plus simple des emplois : garder les troupeaux de nuages. Berger !

Dragonneau accepta de bon cœur. Cela lui convenait. Il pouvait faire de longues siestes sur le dos des cumulus en rêvant à ses voyages au long cours, à travers les Mers orientales et les océans. Quand son patron le surprenait, il grondait bien sûr et Dragonneau subissait ses foudres qui lui roussissaient la couenne. Mais il avait la peau dure...

De loin en loin, l'Impératrice prenait de ses nouvelles, nourrissant l'espoir d'un changement, même infime. Mais non ! Aucune évolution. Il demeurait égal à lui-même, irrémédiablement rebelle au travail.

Elle avait du mal à s'y résoudre. Les jours de grande mélancolie, elle songeait aux mois qui avaient précédé sa naissance. Cela lui procurait un peu de réconfort.

— Il est tout de même mon enfant, murmurait-elle avec émotion.

Pendant ce temps, Dragonneau, à l'abri des soucis pour toujours, la tête dans les nuages, comptait et recomptait ses moutons...

2

Mélusine

conte de France

Où l'on voit que la vérité est parfois
amère et qu'il est dangereux de vouloir
percer un secret à tout prix.

Elle s'appelait Mélusine. Elle était fée. Comme toutes les fées, elle était invisible et vivait dans le monde des esprits. Mais elle était attirée par la société des humains et s'y rendait souvent. Ses sœurs également. Elles se métamorphosaient en femmes et se jouaient des hommes, avec cruauté parfois, jusqu'à les rendre fous. Mélusine ne leur ressemblait pas. Discrète, elle préférait se tenir à distance et, pour mieux passer inaperçue, prenait la forme d'un serpent. Ainsi, elle s'insinuait partout avec facilité et, lorsqu'on la surprenait, ce qui arrivait, elle provoquait une telle frayeur qu'elle avait le temps de disparaître.

Elle détestait la foule et ne s'aventurait jamais dans les villes et les villages. Elle préférait la forêt. Elle s'approchait en silence de ceux qui y travaillaient : charbonniers, pâtres, ramasseurs

de bois mort, bûcherons, cueilleurs de baies...
Leur existence était austère. Ils besognaient,
lourds et sombres. Quelques uns, plus légers,
portaient la lumière dans leur cœur. Mais la plupart étaient noueux, comme des arbres tors qui
s'élèvent avec difficulté.

Lovée sous la mousse, dissimulée dans les
feuilles et les brindilles, ses écailles se teintant
facilement de la couleur des saisons, Mélusine
observait ces êtres de près et les plaignait. Ils
avaient du mérite à supporter une telle condition. Elle aurait voulu les aider et ne savait comment.

Un jour qu'elle se réchauffait au soleil, elle fut
attirée par des aboiements, des sonneries de
trompe, le tonnerre d'une galopade. C'était une
chasse. Un grand cerf épuisé déboucha d'un
taillis. Elle le regarda courir vers la mort, puis
disparut en un éclair. Une meute surgissait déjà,
déchaînée. Puis des piqueurs, des cavaliers.
Mélusine profita du vacarme pour se glisser
jusqu'à la clairière où ils venaient de s'arrêter.
Tous de nobles seigneurs. L'un d'eux semblait
donner des ordres et chacun lui obéissait. Il était
grand de taille et de visage plaisant. C'était le
maître du lieu, le baron Geoffroy. Quand elle le
vit, Mélusine, se sentit attirée.

« Comment peux-tu aider les hommes, si tu restes toujours à l'écart. Il faut te mêler à eux, vivre parmi eux », songea-t-elle.

Son corps d'écailles se mit à scintiller.

« Sotte ! Ils ne t'accepteront jamais sous cette forme ! »

Elle pensa à ses sœurs, à leurs corps de femmes qu'elles utilisaient pour jouer de si mauvais tours.

« Je vais les imiter, prendre la même apparence, mais je n'accablerai personne. »

Elle fixait Geoffroy de son puissant regard de reptile, mais c'était elle qui était hypnotisée. Il dégageait prestance, noblesse, autorité et une telle élégance... Un sentiment nouveau l'emplissait et sa peau de serpent craquait, son corps muait, laissant peu à peu apparaître...

— Amour, murmura-t-elle.

Ce fut son premier mot humain.

Les cavaliers avaient repris leur traque. Elle entendit l'écho de leurs cris, là-bas, les cornes qui sonnaient l'hallali... Elle était femme.

— L'amour peut tout changer ! s'écria-t-elle, illuminée.

Un esprit partager la vie d'un humain ? L'épouser ? De nombreux essais avaient été tentés par le passé. Tous avaient fini par échouer, laissant amertume et désarroi. Mélusine ne l'ignorait pas.

Mais la transformation qui venait de s'opérer en elle, à la vue de Geoffroy, n'était-elle pas un signe ? Signe qu'elle pouvait réussir où les autres avaient échoué ? Elle n'avait rien provoqué, rien pu empêcher. Elle s'était laissée saisir, envahir par lui. Cette nouvelle apparence, c'était lui, sans le savoir, qui la lui avait donnée...

Mélusine se sentait pleine d'une force qui décuplait sa confiance.

— J'y parviendrai, moi ! Je saurai l'aimer ! Et cet amour aura force d'exemple. D'autres suivront, en cascade. J'en suis certaine !

Elle frémissait, telle la sève au printemps, tonitruante, quand elle arrache les végétaux à leur prison de froid.

La chasse était terminée. Les veneurs rentraient en commentant leurs exploits. Elle les suivit à distance.

Lorsque leur troupe parvint à un carrefour, Mélusine traça un signe dans l'air et Geoffroy bifurqua, sans que personne ne s'en aperçoive. C'est un peu plus loin que le seigneur prit conscience qu'il était coupé de ses compagnons, lorsqu'il découvrit, au milieu d'une clairière, une jeune femme.

36

Surpris, il immobilisa son destrier, mit pied à terre et se précipita.

— Seule, en plein bois ! s'exclama-t-il. Que vous est-il arrivé, madame ? Vous vous êtes égarée ? Où sont vos gens ?

Elle était vêtue à la façon d'une voyageuse, le visage à demi dissimulé par la capuche de sa houppelande.

— Égarée... oui, un peu, répondit-elle. Mais je préfère me perdre, quitte à être dévorée par les bêtes, plutôt que...

Elle se tut et baissa la tête.

— Plutôt que quoi ?

— Plutôt que de dormir dans le lit du vieux comte de Rialmont. Je dois l'épouser. Il me répugne et je me suis enfuie.

Elle avait jeté ces mots comme un appel à l'aide et sa capuche avait glissé. Elle était belle. Le jeune homme en fut saisi.

— Madame... balbutia-t-il. Je ne vous laisserai à la merci d'aucun fauve... Animal ou humain... Je vous protégerai. Je vous...

Il se retint, partagé entre sa fascination pour la jeune femme et la crainte d'affronter le redoutable comte. Plusieurs fois veuf, on ne comptait plus ses mariages. Il ne pouvait se passer d'une femme. Pourquoi un être si délicat pour le festin d'un tel ogre ? Le cavalier serrait les poings.

— Je vous hébergerai, madame ! décida-t-il. Le temps qu'il vous plaira, quoi qu'il arrive. Je suis votre obligé.

Mélusine dissimula un sourire de satisfaction. Son plan fonctionnait. L'homme qui l'avait attirée était capturé à son tour.

— Merci ! soupira-t-elle en calculant son émotion.

Il lui offrit sa main, la conduisit à son cheval et ils rentrèrent, tous deux chevauchant la monture. La dame avait refermé ses bras d'écume autour du cavalier et, doux comme une brise où volent des hirondelles, son souffle lui caressait la nuque.

Tout le monde fut surpris de les voir arriver.

— Nous étions inquiets, seigneur ! s'exclama un de ses écuyers, en accourant. Nous nous apprêtions à partir à votre recherche.

Sa passagère concentrait tous les regards, toutes les questions. Qui était-elle ? Que faisait-elle, seule, dans la forêt profonde ? Le bruit courut – qui l'avait lancé ? – qu'elle était fille de duc. Quel duc ? Comment savoir avec exactitude ? La rumeur s'était déjà changée en vérité. Puis, le nom du comte de Rialmont apparut dans les conversations, semant effroi, frissons. La fuite de la belle, sa rébellion... Leur seigneur était fou vraiment. Un petit baron encourir les foudres d'un puissant comte ! Mais la femme était belle, unique. Chacun le reconnaissait.

Mélusine fut donc accueillie. Geoffroy l'installa dans une pièce du château qui donnait au midi et mit des servantes à sa disposition. Aux petits soins, il prévenait tous ses désirs, satisfaisait ses moindres demandes.

Plusieurs jours passèrent, bruissants d'activités. Geoffroy ne pensait qu'à sa rescapée. Il la conduisait partout et lui faisait visiter son domaine comme si elle devait y demeurer.

Mélusine, de son côté, se montrait réservée, presque timide.

« Surtout ne pas paraître fière », calculait-elle. Elle se méfiait de la jalousie que peut déchaîner la beauté. Elle ne voulait pas compromettre son plan qui se déroulait mieux qu'elle l'espérait. Entre elle et Geoffroy, en effet, l'amour était en train de naître. Personne n'en doutait et on la regardait comme la future maîtresse des lieux.

Pourtant, une ombre continuait de voiler ce tableau : le comte de Rialmont ! Quelqu'un n'allait-il pas découvrir la supercherie ? L'inquiétude disparut bientôt. La vie du vieux soudard ne tenait qu'à un fil. Il mourut.

Au château, la nouvelle apporta le soulagement. Désormais, la voie était libre pour les amoureux et Geoffroy posa la grande question à Mélusine, sans façon :

— Veux-tu m'épouser, dis ?

— Oui, répondit-elle sans attendre. Oui, je veux t'épouser. Je le veux depuis si longtemps. Je ne te connaissais pas encore que je le voulais déjà. J'étais sûre que tu existais, sûre qu'un jour viendrait où je te rencontrerais et je t'ai cherché sans relâche. Quand je t'ai vu, j'ai su que c'était toi. Mais dis, es-tu certain que tu me veux, toi aussi ?

— Certain, oui ! Pour le meilleur et pour le pire !

Geoffroy se tut, étonné par ses propres paroles. Troublé par la réponse de Mélusine, il ne savait plus ce qu'il disait. Il rit, l'attira à lui et prit ses lèvres qu'elle offrait.

Elle paraissait transparente entre ses bras, comme irréelle. Son corps semblait de neige et fondait contre le sien. Étrange. Il la retint longtemps sur sa bouche.

La noce eut lieu. Élégante et joyeuse. Une belle noce. Tout le monde rayonnait. Les mariés d'être sacrés mari et femme, les invités d'être conviés et les valets de profiter des restes du banquet.

On mangea des mets délicats, on but de l'eau parfumée à la mélisse et des vins bourguignons, on chanta beaucoup, à se couvrir la voix, et on dansa.

À mesure que la fête se déroulait, la jeune baronne, pourtant, devint rêveuse. Absorbée parfois, presque absente. Son époux s'inquiéta.

— Qu'est-ce qui te manque ? Commande et je cours pour te servir.

— Rien, rassure-toi. C'est la joie...

Ses paupières battirent. Deux nuages apparurent dans l'azur de ses yeux.

Geoffroy, ému, prit ses mains, les pressa.

— Alors, ne t'y habitue pas, lui dit-il tendrement. Pour t'en empêcher, je te donnerai, chaque jour qui passe, une raison nouvelle de t'émerveiller.

Elle sourit et ferma les yeux en soupirant. Elle mentait. Sa mélancolie, ce n'était ni la gaieté, ni le plaisir. La première étape de son plan s'achevait et, au moment de s'installer officiellement chez les humains, les fées se rappelaient à elle.

« N'oublie pas que tu es un esprit ! Tu ne pourras jamais appartenir à l'autre monde ! »

La mise en garde perçait dans leurs voix.

« Tu crois réussir où nous avons échoué ? Nous verrons bien ! »

La jalousie aussi...

Mélusine avait su éviter celle des hommes. Elle était sans défense devant celle de ses sœurs, qui ne la lâchèrent plus jusqu'au soir, jusqu'à l'ultime instant de la fête, jusqu'à la chambre nuptiale, au lit où elles l'escortèrent. C'est là enfin, dévêtue, qu'elle se résolut à parler à Geoffroy, impatient de l'aimer.

— J'ai une faveur à te demander.

— Elle est déjà accordée ! s'exclama-t-il en s'asseyant dans les fourrures, à ses côtés. Parle !

— Je t'accompagnerai partout où tu iras, si tu me veux. Je me tiendrai à l'écart, chaque fois qu'il te plaira. Je te donnerai tout ce que tu exigeras, dussé-je le puiser au fond de la nuit amère.

— Je ne t'en demanderai pas tant, ponctua-t-il en riant.

— Je serai fidèle et dévouée.

— J'espère bien.

— En échange d'une seule chose.

— Dis !

— Un jour.

— Un jour ?

— Oui, un jour de liberté, à l'équinoxe d'automne, que tu m'accorderas chaque année.

Il battit des cils.

— Accordé, reprit-il. Je te l'ai dit. Il est déjà accordé.

— Tu ne pourras rien savoir. Ni où je suis allée. Ni ce que j'ai fait.

Une telle insistance... Geoffroy finit par se troubler. Mais pouvait-il se dédire ?

Il observa son épouse et il ne vit que ses yeux clairs, ses cheveux d'or et son visage éclatant.

« Qu'est-ce qu'une journée, après tout ? songea-t-il. J'en aurai tant d'autres pour l'oublier. »

Puis il poursuivit à voix haute, pour elle autant que pour lui.

— Ce qui est donné est donné !

Et il l'enlaça.

Les semaines passèrent. Mélusine ne fit plus aucune allusion à l'équinoxe et s'adonna à son métier de châtelaine. La vie au manoir s'éclaira. Les trouvères y faisaient halte, les baladins, les jongleurs... Toujours bien reçus, ils donnaient le meilleur de leur art et chantaient la beauté de leur hôtesse et son amour pour son seigneur.

Geoffroy avait été chagriné par la requête de son épouse, plus qu'il ne l'avait laissé paraître. Sa fermeté à exiger le secret, surtout... Pourquoi ? Au matin de leur première nuit, il avait douté et il était resté préoccupé au début de leur union. Mais la douce Mélusine se montrait si attachée qu'il finit par oublier.

La mémoire lui revint, brutale, un matin. Le vent soufflait en rafales, il pleuvait à seaux, l'air était humide et glacial. En ramenant les fourrures pour que son épouse ne prenne pas froid, il découvrit que sa place était vide.

— Déjà levée ? s'étonna-t-il, à demi somnolent.

Un tourbillon s'engouffra dans la chambre en mugissant.

— Par le sang Dieu ! blasphéma-t-il. L'équinoxe !

Il rejeta les couvertures, regarda incrédule les draps froissés où Mélusine avait dormi. Elle était partie, bien partie ! Ses paroles, le soir de leurs noces, lui revinrent à l'esprit.

— Un jour de liberté !

Et malgré sa promesse, il se sentit trahi.

— Libre ! gronda-t-il. Elle ne l'est pas assez ? Je la laisse aller à sa guise, décider de tout, selon son bon plaisir. Nous parlons de tout, à cœur ouvert, sans aucun désaccord. Quelle liberté lui faut-il donc ?

Il bondit hors de son lit, en colère. Il se vêtit, prétexta que son épouse était souffrante et interdit qu'on la dérange, puis il quitta le château.

Tout le jour, il galopa, sillonnant ses terres sans les voir. Son cœur hurlait :

« Où es-tu ? Parle ! Avec qui ? Que faites-vous ? »

Elle complotait contre lui, le trompait, et ses folles pensées inventaient mille variantes qui augmentaient sa fureur.

— Tu ne perds rien pour attendre ! menaçait-il en brandissant son poing dans le vent d'automne. Demain, je saurai te faire cracher ton secret !

Il imaginait comment la faire avouer. Des ruses, des tortures. Puis s'esclaffait soudain.

— Pauvre fou ! Elle ne reviendra pas. Elle voulait une journée pour disparaître. Tu ne la reverras jamais !

Il rentra au milieu de la nuit et s'enferma dans sa chambre. Il veilla, écouta le silence, se coucha, puis se releva, incapable de dormir, suffoquant. L'angoisse le serrait. La haine aussi. Il se rendit à la fenêtre, se baigna d'air frais, scruta les ténèbres, trouva un peu de paix en suivant la ronde des étoiles autour de la polaire, revint s'affaler sur son lit et enfin, peu avant l'aube, sombra dans le sommeil, brisé par ses soucis.

Quand il se réveilla, elle était là, blottie dans ses bras. Son souffle sur sa bouche le réveilla. Il ouvrit les yeux, la vit.

— Toi ?

Toute sa colère disparut d'un coup.

— Oui, moi ! Qui veux-tu que ce soit ? répondit-elle en souriant.

Son haleine de jasmin, sa voix où picoraient des colombes, ses gestes de velours... Comment avait-il pu douter ? Elle l'observait. Dans sa douceur pointait la tristesse. Elle savait ce qu'il avait enduré.

— Aie confiance ! reprit-elle en lui prenant la main. Aime-moi comme je t'aime. Accepte-moi telle que je suis !

— Où étais-tu ? insista-t-il.

Elle soupira.

— Si tu courais un danger, comment pourrais-je te venir en aide ?

— Là où je suis, je ne risque rien. Ne t'inquiète pas.

Elle en avait trop dit et cela relança la curiosité de Geoffroy.

— Comment est-ce possible ? Une femme seule, où qu'elle se trouve, est à la merci des pires menaces.

— N'insiste pas. Je ne puis rien te révéler... Cela nuirait à notre amour.

Malheureuse parole. Geoffroy se dressa, le visage blême.

— Parle, au contraire ! Empêche-moi de croire à des folies !

Sa voix était sèche. Son regard dur.

— Ne te laisse pas conquérir par la haine, le supplia-t-elle. Je ne la mérite pas. Je t'en conjure, ne me force pas.

Penché sur elle, il plongea ses yeux dans les siens. Il ne vit que clarté, mais ses tourments recommençaient à le harceler.

Mélusine reconnut les limites de l'amour humain, contre lesquelles tant d'autres s'étaient fracassées avant elle. Elle se sentit gagnée par le froid. Elle grelotta, désemparée, et Geoffroy regretta aussitôt de s'être emporté.

— Pardon ! fit-il en la réchauffant contre lui.

L'automne passa, puis une année nouvelle avec son cycle de saisons. Il ne fut plus question de l'équinoxe entre eux et les soupçons de Geoffroy s'estompèrent. Mais l'inquiétude revint, lancinante, à la fin de l'été.

Mélusine s'y attendait. Elle aborda l'obstacle.

— Voici bientôt le jour, dit-elle.

— Je sais.

— Tu me l'as accordé.

— Je le regrette, mais je n'ai pas oublié.

— Reste fidèle à ta promesse. J'ai besoin de

47

ce temps de solitude pour me retremper dans le bain de ma vie. J'existais avant toi. Je ne peux me défaire de ce passé, mais je ne veux pas que tu le portes. Sans lui, je ne serais plus la même. Je craindrais...

— De ne plus m'aimer ?

Elle hésita.

— Regarde-moi, questionna-t-elle. Réponds sans réfléchir. Je suis ta femme. Est-ce que je te satisfais ?

Sa voix était ferme. Elle le dominait.

— Oui, admit-il comme pour se défaire de son emprise.

— De ta moindre attente ? Jusqu'au fond de ton être ?

— Oui ! Follement ! reconnut-il avec gêne. Tu m'as changé. Je suis comblé par ta présence, à l'exception de cet unique jour de l'année.

— Ce jour est la clé de notre amour. Tu me l'as offert sans te douter de la portée de ce don. Offre-le-moi à nouveau, en acceptant la souffrance qu'il te fait endurer.

Elle parlait, il écoutait de toute son âme. Cela paraissait tellement facile. Un simple seuil à franchir.

— Je vais essayer, promit-il.

— Non ! Tu vas réussir !

C'est elle, ce jour-là, qui le prit dans ses bras.

L'équinoxe revint avec ses bourrasques. Geoffroy allait-il résister ? L'appréhension le tint en alerte pendant toute la nuit qui précéda le départ de son épouse. Le matin le trouva apaisé et Mélusine le réveilla d'un baiser.

— Je suis prête, lui dit-elle. Je vais. Aie confiance. Ce petit jour sera vite passé.

Sa voix était fraîche comme un ruisseau. Il sourit, lui rendit son baiser et la regarda s'en aller.

— Où va-t-elle ? se demanda-t-il dès que la porte fut refermée.

Et déjà son inquiétude donnait le vertige à ses pensées. L'étau du doute prenait sa poitrine.

— Il faut que j'en aie le cœur net !

Il se leva et s'habilla en hâte, sortit de la chambre et prêta l'oreille. Un pas glissait à l'extrémité du couloir qui menait à la grande salle. Il s'élança, s'arrêtant fréquemment pour écouter. Mélusine était toujours devant. Le grincement de la poterne lui parvint.

— Où peut-elle se rendre ? se demanda-t-il. Elle ne quitte donc pas les lieux !

Pour la centième fois, il imaginait un rendez-vous amoureux, un autre homme... Quelqu'un parmi les gens de sa maison. Qui ?

Il se précipita et atteignit le chemin de ronde à l'instant où elle le quittait. Elle pénétrait dans la tour nord. Geoffroy la vit disparaître avec stupeur. Cette tour, en effet, était désaffectée depuis longtemps, car d'étranges phénomènes s'y produisaient. Elle avait servi de prison, jadis. Des hommes y étaient morts et leur âmes éperdues y demeuraient, errantes, vindicatives. Seuls, rongeurs et oiseaux de nuit s'y aventuraient. Et c'était dans ces lieux que Mélusine pénétrait avec une telle légèreté !

Geoffroy s'engagea sur le rempart et parvint à la tour, le cœur fou. Son épouse, au-dessus de lui, se hâtait dans l'escalier.

— Elle court, elle est joyeuse... Elle arrive auprès de son amant...

Un écho sourd lui répondit, puis le silence.

— Les combles !

Il avala les marches quatre à quatre et parvint au sommet, haletant. Devant lui, une porte dont les toiles d'araignées étaient déchirées. Mélusine était là, de l'autre côté. Il suffisait d'entrer pour la surprendre. Savoir enfin.

Au moment de sauter le pas, Geoffroy hésita. Il lui semblait qu'une main, sur son épaule, le tirait en arrière.

— La vérité ! cria-t-il en se dégageant. Je veux la vérité !

Il s'élança, fracassa la porte et resta sur le seuil, horrifié, la bouche ouverte, incapable d'articuler un mot. Mélusine le regardait, stupéfaite, prise en faute. Mélusine, si délicate, son fol amour... Mélusine, femme de la tête à la taille, dont le tronc dressé se prolongeait par un cauchemar : une effroyable queue de serpent qui gigotait en fouaillant le sol.

— Le bain de ta vie ! marmonnait Geoffroy en se souvenant de ses paroles de la veille. Te tremper dans une horreur pareille !

Une tristesse immense assombrissait les yeux de Mélusine. Elle secouait la tête, en proie au désespoir et, plusieurs fois, empêcha son corps vipérin de saisir Geoffroy pour le broyer dans ses anneaux.

— Tu sais, maintenant ! hurla-t-elle lamentablement. Tu me vois telle que je suis. Peux-tu encore m'aimer ?

Telles furent ses dernières paroles humaines. Un long spasme la secoua, elle soubresauta avec violence, ses écailles grinçaient, ses organes se convulsaient... Sa part secrète, dont elle avait voulu protéger son amour, se révélait devant Geoffroy, incrédule. Un monstre apparut, dressé devant lui comme un dard, et se retenait de frapper.

Une lueur de tendresse éclaira une dernière fois les yeux de Mélusine. Adieu à sa vie de femme, adieu à l'homme qu'elle avait tant aimé. Puis, avec un râle assourdissant, elle se jeta par la lucarne du toit dans l'eau, plongea dans les douves et disparut.

Geoffroy resta prostré tout le jour, toute la nuit. Il ne sortit de sa torpeur que le matin suivant, lendemain de l'équinoxe.

En regagnant sa chambre, il entendit les encouragements de Mélusine, la veille, avant de le quitter.

— Aie confiance... Ce petit jour sera vite passé...

Il ne se remaria jamais, et sa vie, qui avait suscité tant d'espérance, se referma sur lui. Quant à Mélusine, elle ne se remit jamais de son échec et passa le reste de son existence en butte aux sarcasmes de ses sœurs.

Toute union durable était donc impossible entre un homme et un esprit, et, plus aucune fée ne se risqua dans une telle aventure, d'après ce que l'on sait aujourd'hui.

3

La révolte du jeune Tchang

conte de Chine

Où l'on voit que le malheur, lorsqu'il nous atteint, frappe aussi, et plus durement, ailleurs.
Où l'on voit également les effets imprévisibles d'une volonté de partage.

Tchang travaillait dur. Il cultivait avec sa mère, un mauvais lopin de terre situé sur les bords d'un lac aux eaux sombres. Ils avaient beau peiner tous deux, de l'aube au crépuscule, ils récoltaient tout juste de quoi ne pas mourir de faim.

— Pourquoi sommes-nous si pauvres, mère ? se rebellait Tchang. C'est injuste. Regarde comme nos voisins s'en sortent mieux que nous ! Et ils triment bien moins.

Tous les paysans étaient pauvres, en vérité, et les différences entre eux étaient infimes. Mais le riz a toujours meilleur goût dans la maison d'à côté.

La mère soupirait. Lorsque son enfant était jeune, elle lui expliquait souvent que si l'on ne pouvait pas transformer sa condition, on n'avait pas d'autre choix que de l'accepter. C'était sa manière, à elle, d'exercer sa liberté. Mais Tchang avait grandi et il ne portait plus le même regard sur les choses. Il refusait les principes de sa mère et celle-ci n'avait plus d'arguments pour l'apaiser. Un jour plus révolté qu'un autre, il prit une décision.

— Mère, cela ne peut plus durer ! Je veux connaître la raison de notre pauvreté. Savoir si nous la méritons. Je pars chez le Grand Dieu de l'Ouest pour lui poser la question !

Sa mère ne chercha pas à le retenir. Ce voyage promettait d'être très long. Son Tchang n'en verrait peut-être jamais le terme. Et s'il revenait, serait-elle encore de ce monde ?... C'était ainsi. Le destin de son fils était de questionner pour comprendre. Pouvait-elle le changer ?

Elle le regarda s'éloigner. Il allait d'un bon pas, tellement indigné qu'il ne songea pas à se retourner.

Il marchait, marchait, marchait. Ses pensées, rouges et noires, le poussaient en avant. Il ne voyait ni le chemin qui le portait, ni les forêts qu'il traversait, ni les collines, ni les hauts monts. Il marmonnait entre ses dents.

— Nous sommes pauvres ! Nous travaillons et nous ne vivons pas !

Quarante-neuf jours plus loin, quarante-neuf jours de colère, il s'arrêta et sa fatigue, soudain, écrasa ses épaules et ses reins. En retrait de la route, se dressait une pauvre masure. Il avait soif, il avait faim. Il s'approcha pour réclamer un peu d'eau, un peu de riz et prendre quelque repos.

Une femme habitait là avec sa fille, muette depuis son premier souffle de vie. Elle ouvrit sa porte à Tchang, partagea son repas et lui donna son lit. Lorsqu'il se fut restauré et reposé, il confia à son hôtesse, la raison de son voyage.

— Je suis pauvre, comme ma mère, comme sa mère avant elle et la mère de sa mère. Pourquoi ? La pauvreté est-elle une maladie ? Le Grand Dieu de l'Ouest me dira comment on l'attrape. Je guérirai !

— J'ai souvent eu envie d'aller le trouver, moi aussi, lui répondit la femme. Au sujet de ma fille. Pour qu'il m'explique son malheur. Pourquoi n'a-t-elle jamais parlé ? Comprends-tu cela, toi ? Emporte ma question. Elle n'est pas bien lourde, elle ne te chargera pas. Et pose-la au Grand Dieu.

Pendant que la mère parlait, sa fille ne quittait pas le garçon des yeux. Il sentit son regard sur lui, tendu, plein d'attente et d'espoir.

— Ne t'inquiète pas, mère, la rassura Tchang. J'emporte ta question.

Il rendit son regard à la jeune muette et découvrit alors, qu'elle était élégante et gracieuse. Elle le remerciait, joignant ses mains sur son cœur, et quand elle s'inclina, il entendit en lui :

« J'accompagnerai chacun de tes pas, de toute la force de mes pensées, pour que tu ne manques pas de courage. »

À son tour, il joignit les mains et s'inclina, puis il s'en alla.

Il marcha pendant quarante-neuf autres jours. Quarante-neuf jours hantés par deux questions.

— Pauvre depuis ma naissance ! Et la fille, plus démunie encore, car elle ne possède pas la richesse de la parole ! Pourquoi ?

Il s'épuisait à chercher et le Grand Dieu de l'Ouest était encore bien loin. Tchang, exténué, s'arrêta dans la première maison qu'il rencontra. Un vieillard y vivait. Quand il vit l'état de fatigue de ce jeune voyageur, il l'accueillit et le réconforta.

Une fois reposé, Tchang exposa sa quête.

— C'est comme moi, expliqua l'homme à son tour. J'ai un verger, je lui apporte tous mes soins et il ne donne aucun fruit. Je n'y comprends rien.

Si mes jambes me le permettaient, je t'accompagne-
rais et je dirais au Grand Dieu : « Pourquoi,
dites ? Pourquoi ? » Hélas ! je ne peux plus aller.
Ajoute ma question aux tiennes, s'il te plaît. Elle
est petite. Elle ne t'encombrera pas.

— Ta question est petite, en effet, répondit
Tchang. Je la prends. Elle ne m'encombrera pas.

Et il repartit.

Quarante-neuf jours, il marcha pour poursuivre sa mission. Quarante-neuf jours, il rumina
dans son cœur ses trois questions. Elles avaient
beau être minuscules, son cœur devint lourd de
trop les ressasser. Il aurait voulu faire une halte,
reprendre des forces en parlant simplement avec
un être humain. Mais personne en vue ! Devant
lui, au contraire, un fleuve impétueux lui barrait
le chemin.

Allait-il devoir s'arrêter là, renoncer ? Longtemps, il resta devant les eaux qui grondaient. Il
pensait à sa mère, au verger stérile du vieil
homme et surtout, à la jeune muette. Prudent, il
n'avait rien promis. Il avait juste accepté d'être
un messager. Pourtant, au fond de lui, il espérait
tant aider.

— Que faire ? se demandait-il. Me jeter à l'eau ?... C'est la noyade assurée !

Il pensait être seul. Il ne l'était pas. Dans le lit du fleuve, un grand dragon argenté l'observait. Lorsqu'il vit que Tchang s'apprêtait à faire demi-tour, il se dressa dans un grand jaillissement d'écume.

Tchang recula d'un pas, effrayé. Il croyait qu'une montagne surgissait. Quand il vit qu'il avait affaire à un dragon, il fut un peu rassuré. Le seigneur du fleuve, certainement. Il était majestueux. Son corps ruisselait, hérissé de vagues, creusé de tourbillons. Ses longues moustaches étaient ornées de touffes de lotus et sur le front était incrustée une perle étrange. Elle contenait un ciel minuscule où apparaissaient entre les nuages, tantôt le soleil et la lune, tantôt de grands oiseaux qui promenaient les étoiles.

L'animal regardait Tchang d'un air bienveillant.

— On dirait que tu t'apprêtes à commettre une erreur, petit d'homme ! le prévint-il.

Des cascades roulaient dans sa voix et son haleine exhalait le lotus de ses moustaches.

— Que faire d'autre que m'en aller ? répondit Tchang, peiné. Je ne peux pas traverser.

— Et si tu m'expliquais pourquoi tu veux franchir mes eaux ? demanda le dragon.

Alors, Tchang raconta pour la troisième fois sa longue marche, ses étapes, les missions qu'il avait acceptées.

Le dragon écoutait avec intérêt et les étoiles étincelaient dans sa perle. Lorsque le garçon eut terminé, il posa sa patte devant lui, paume ouverte.

— Tu m'as ému, petit. Monte là-dessus et accroche-toi.

Tchang obéit. Il escalada la grosse main et se tint fermement à une griffe.

— Prêt ?

— Prêt !

Aussitôt, la patte décolla et, l'instant d'après, Tchang se trouvait sur l'autre rive.

— Voilà ! s'exclama le dragon, satisfait. Continue maintenant, et ne t'arrête plus !

Tchang n'avait pas d'autre idée en tête. Il voulait même courir pour rattraper le temps perdu. D'autant plus qu'il avait une nouvelle raison de réussir : ne pas décevoir le dragon.

— Merci, seigneur du fleuve ! dit-il en s'inclinant. Merci infiniment !

Il s'élança, léger. Il avait déjà parcouru du chemin, lorsqu'une voix de torrent le rejoignit.

— Au fait, petit ! Demande donc au Grand Dieu de l'Ouest pourquoi mes ailes sont si petites. Regarde ! lui montrait-il en les agitant. Je ne peux pas voler avec ça !

« Des ailes, ces moignons ? pensa Tchang. Plutôt des ailerons ! »

C'est vrai qu'il avait l'air pataud.

— Promis, dragon ! cria Tchang à pleins poumons. Je ferai votre commission.

Quarante-neuf jours encore, de fatigue et d'efforts, avant que Tchang atteigne le palais du Grand Dieu de l'Ouest. Arrêté par les gardes à l'entrée, il dut s'expliquer. Eux, ensuite, rendirent compte à leurs supérieurs. Lesquels transmirent à leurs chefs les doléances du visiteur. Et ainsi, d'étage en étage, jusqu'à la tour où résidait le Maître suprême.

Tchang attendit que sa demande d'audience monte au ciel et redescende sur la Terre. Des jours s'écoulèrent. Silence et patience. La réponse parvint enfin, favorable. Le Dieu acceptait de recevoir Tchang, qui fut conduit devant lui.

Le Grand Dieu de l'Ouest était un vieillard tout blanc, au visage d'enfant. Il regarda Tchang et, en un instant, il apprit tout de lui : ses secrets, ses révoltes et comment s'écoulerait le ruisseau de sa vie.

— Exceptionnellement, lui dit-il, parce que tu as fait preuve de courage et de détermination, je t'autorise à me poser trois questions. Je t'écoute.

Trois questions ? Tchang vacilla, en recomptant mentalement plusieurs fois... Trois questions et il en avait quatre. Quatre ! Laquelle éliminer ?

Il ne réfléchit pas longtemps.

« Si l'on ne m'avait pas aidé, pensa-t-il, je ne serais jamais arrivé jusque là. Après tout, ma question n'est pas si importante. »

Il confia donc le triste sort de la jeune muette, du verger stérile et du dragon qui ne pouvait voler.

Il avait à peine achevé que le Grand Dieu de l'Ouest déposa dans son cœur les réponses qu'il était venu chercher, terminant par ces mots :

— Va en paix !

Il disparut ensuite.

Sans perdre un instant, Tchang prit la route du retour, bien plus léger qu'à l'aller, même si le trajet n'était pas plus court.

Une fois au fleuve, le dragon qui le guettait jaillit de l'eau en l'éclaboussant. Vite il le déposa sur l'autre rive, puis :

— Alors ? Tu l'as vu ? Tu sais ?

— Bien sûr, je sais ! C'est très simple, répondit Tchang. Il suffit que vous fassiez quelque chose de bien. De vraiment bien. Et vous pourrez voler.

— Quelque chose de bien ? s'étonna le dragon. Genre ?...

— Je ne sais pas. C'est à vous de trouver. Moi, je me contente de répéter.

Le dragon réfléchit.

« Pour que cet acte ait de la valeur, il faut qu'il me coûte, pensait-il. Sinon, je triche ! Plus il me coûtera, plus il aura de prix. Donner, par exemple. Mais, donner de l'essentiel. Un objet auquel je tiens comme à la prunelle de mes... Je sais ! »

Sur son front, la perle rayonnait. Elle savait qu'elle venait d'être choisie. Le dragon la retira et la remit à Tchang.

— Tiens ! C'est ma prunelle... Je te la donne. Tu l'as bien méritée !

Et il s'envola aussitôt.

Le garçon n'eut même pas le temps de le remercier.

— Dommage ! plaisanta-t-il en le voyant disparaître dans les nuages. Il aurait pu me remmener...

Il admira l'éclat de la perle, puis la rangea avec précaution. Un long chemin l'attendait.

Quarante-neuf jours plus tard, il arriva chez le vieil homme au verger.

— Alors ? s'empressa celui-ci. Tu as rencontré le Dieu ? Entre vite et raconte.

— Bien sûr, je l'ai rencontré et c'est très simple. Vos efforts passés n'ont pas été vains. Ils ont nourri la terre et des trésors vous attendent sous le verger.

— Des trésors ? s'étonna le vieil homme. Allons voir !

Ils creusèrent et découvrirent neuf jarres, en or pur, d'où jaillirent neuf sources limpides qui abreuvèrent les arbres fruitiers.

Au contact de cette eau, le verger sembla se réveiller d'un long sommeil. Les branches se couvrirent de fleurs parfumées. L'air embaumait. Puis les pétales tombèrent, des fruits se formèrent et mûrirent. Une fois cueillis, de nouvelles fleurs s'ouvrirent, puis le cycle recommença sans se soucier de la saison. On aurait dit que les arbres voulaient se faire pardonner leurs noires années.

Le vieillard ne savait plus où donner de la tête. Il engagea des ouvriers pour récolter et vendre sa production sur les marchés. Il était tellement occupé qu'il ne vit pas Tchang s'en aller. Quand il voulut le remercier, son messager était déjà loin, très loin... Il approchait de la maison de la jeune muette et son cœur battait.

— Je crois bien que Tchang est de retour ! s'écria la mère en l'apercevant.

Sa fille se précipita et, quand Tchang arriva, il n'avait pas encore salué qu'il entendit :

— Tchang, je t'attendais. J'étais sûre que tu reviendrais.

Elle parlait pour la première fois de sa vie. Sa voix était mélodieuse. On aurait dit une grive musicienne à la lisière d'un pré...

La vieille mère fondit en larmes et Tchang retint les siennes avec peine. En effet, le Grand Dieu de l'Ouest lui avait dit : « Elle parlera quand elle rencontrera l'homme qu'elle aime. »

— C'est un miracle ! sanglotait la mère. Un miracle ! Merci Grand Dieu ! Merci à toi, Tchang !

Puis, mêlant ses rires aux larmes.

— Prends-la pour femme. Tu la mérites et elle va si bien avec toi !

Tchang ouvrit les bras et la grive s'y blottit.

Le nouveau couple demeura chez la mère pendant neuf jours et neuf nuits. Mais Tchang n'avait pas terminé son périple. Il devait rentrer, annoncer son échec à sa mère. En effet, il ne rapportait pas la réponse qu'il était parti chercher. Il ignorait toujours la cause de sa pauvreté.

Malgré la route et la fatigue, la dernière étape de son voyage fut la plus délicieuse. La femme qu'il aimait marchait à ses côtés.

Un choc l'attendait en retrouvant sa maison ! Sa mère était méconnaissable tant elle avait vieilli. Elle était usée par le souci et les larmes. Les larmes surtout. Elle avait pleuré, pleuré... Elle en avait perdu la vue.

— C'est toi, mon petit ? demanda-t-elle en reconnaissant son pas.

Tchang s'élança vers elle, l'embrassa.

— Oui, c'est moi ! Je suis là et ma femme m'accompagne. Nous allons prendre soin de toi.

Devant sa misère, il n'avait pas le cœur de lui avouer qu'il avait échoué. Pour éviter d'aborder le sujet, il sortit de sa tunique la perle du dragon et la déposa dans les mains de sa mère.

— Regarde ce que je t'ai rapporté.

Regarde ! Ce mot lui avait échappé. Il s'en voulut de l'avoir prononcé.

Son regret fut de courte durée, car la perle avait à peine touché les mains, qu'elle s'était mise à dégager une lumière si intense que la vieille femme ouvrit les yeux et recouvra la vue instantanément.

— Quelle merveille !

Et, relevant la tête vers son fils, elle vit sa bru.

— Tu es belle ! s'exclama-t-elle en la découvrant. Je suis comblée.

Les jeunes gens étaient stupéfaits de cette guérison. La perle possédait un pouvoir phénoménal. Tchang la reprit pour l'examiner. Elle était tiède sous ses doigts et palpitait comme le sang dans les veines.

— Elle est vivante !

Il croisa le regard de son épouse. Ils venaient d'avoir la même idée.

— Tu ne sais pas... commença Tchang.

— Je crois que si. Mais dis-le, toi.

— Cette perle qui nous a comblés... il serait malhonnête de nous l'approprier.

— Oui, je le pense aussi ! Il faut qu'elle soit utile à tous.

— Alors, viens avec moi ! répondit-il en l'entraînant. J'ai un plan.

Il l'emmena sur la rive du lac aux eaux sombres. Une rivière nauséabonde s'en écoulait et arrosait tous les champs de la région.

— Nous verrons bien si j'ai raison ! murmura Tchang.

Il prit son élan et jeta la perle. Une minuscule éclaboussure de lumière jaillit au point d'impact, puis une onde se forma, limpide, qui envahit toute la surface jusqu'aux berges, faisant disparaître la saleté. La végétation se redressa, vigoureuse, drue, et la rivière, en aval, distribua aux cultures une eau transparente, parfumée au lotus.

Bientôt, toute la province fut transformée. Le lac offrit des poissons en abondance et la terre produisit des récoltes à foison. Tchang avait beau ignorer la cause de la pauvreté, il avait réussi à la chasser du pays.

Un jour, le dragon, qui s'était mis à voyager, survola la région. En y voyant régner l'opulence, il reconnut l'œuvre de sa perle et comprit que son protégé en avait fait bon usage. Il décida de descendre le saluer et, comme son arrivée ne passa pas inaperçue, tous les habitants de la région affluèrent vers la maison de Tchang.

On improvisa une belle fête et le dragon fut si heureux qu'il promit de revenir chaque printemps.

Il tint parole. Chacun de ses retours était l'occasion de nouvelles réjouissances et, en échange de l'accueil qu'on lui réservait, il séjournait dans le lac. Quand il repartait, les eaux étaient plus claires que jamais.

Les années passèrent, puis un jour il ne revint pas. Étrange ! Il n'avait pas pu oublier ! Peut-être avait-il eu un empêchement. Mais l'année suivante, il était encore absent, et l'année d'après, et encore, et toujours...

Personne ne le revit jamais. Les temps, en effet, avaient changé. On ne croyait plus aux légendes, on ne les racontait plus et on les avait oubliées. Oubliés aussi, le grand voyage de Tchang, ses trois questions et son abnégation...

Les eaux du lac, lentement, recommencèrent à se troubler, puis à s'assombrir, pour se laisser à nouveau gagner par la nuit. La rivière s'obscurcit à son tour, et la pauvreté, peu à peu, reconquit les terres d'où elle avait été chassée.

4

Le lindorm amoureux

conte de Suède

Où l'on voit comment l'amour peut
accomplir les plus impossibles méta-
morphoses.

Elle était reine, mais elle souffrait. Souffrance de femme : elle ne pouvait avoir d'enfant. Souffrance de souveraine : son œuvre ne lui survivrait pas.

Un jour, elle apprit qu'un remède existait, mais qu'il fallait, pour l'obtenir, consulter une personne qui vivait à l'écart du monde, au cœur de la forêt. Son premier mouvement, de joie, fut aussitôt balayé par un sentiment de méfiance.

— Une reine, se compromettre avec une...

Les gens, ici, utilisaient de sombres mots : magicienne ou sorcière, selon qu'ils espéraient d'elle un miracle ou qu'ils redoutaient le mystère dont elle s'entourait.

La reine hésita quelque temps, puis, craignant de gaspiller sottement une occasion, se décida.

— Tant qu'on n'a pas tout tenté pour réussir,

dit-elle à ses suivantes pour justifier son choix, on ne peut pas parler d'échec. Je rendrai visite à cette femme et j'irai seule.

— Dans la forêt ?

— Oui ! Dans la forêt.

On lui indiqua de quelle manière trouver la guérisseuse et elle partit aussitôt, modestement vêtue, pour mieux passer inaperçue.

La femme la reçut dans sa cabane, l'écouta et lui recommanda ce traitement, simple, à la portée de tous.

— Mangez deux oignons crus, majesté (elle l'avait parfaitement reconnue) et vous porterez deux fils dans l'année. Je vous le garantis.

Elle paraissait tellement sûre d'elle, que la reine, toute reine qu'elle était, ne songea ni à s'étonner, ni à contester ce remède.

— Deux oignons, reprit-elle simplement, en écho. Bien !

Et elle partit, décidée à suivre la prescription à la lettre.

À peine rentrée, elle se rendit elle-même au potager, arracha deux oignons, en retira sommairement la terre et s'empressa de croquer dans le premier. Le jus gicla dans sa bouche, amer. La reine grimaça et resta les dents serrées, écœurée par le goût.

— Allez, ma fille, accepte ! s'encouragea-t-elle. Ce n'est qu'un mauvais moment à passer.

Elle détacha le morceau et l'avala tout rond. Puis elle mordit encore, et encore, les yeux fermés, les mâchoires dures, l'estomac au bord des lèvres.

Quand elle eut terminé, elle fit une pause. Elle n'était pas au bout de ses peines.

— Pourquoi deux ? Un seul enfant me suffit. Pourquoi n'ai-je demandé aucune explication, aussi ?

Il était trop tard pour reculer, mais elle prit la liberté, néanmoins, d'éplucher le second. Sa chair était plus douce ainsi, presque facile à consommer, et la reine mastiqua avec application, pour compenser d'avoir ingurgité le premier trop rapidement. Une sensation de chaleur l'envahissait et se diffusait en elle. La médecine qui agissait déjà ?

Après avoir mangé le second bulbe, la reine était moite. La sueur perlait sur son visage et son palais la brûlait. Elle respira longuement l'air frais du potager. Cela la désaltéra. Puis, elle regagna ses appartements.

L'attente commença alors, et l'espérance, si violente, que le matin, au réveil, il lui arrivait d'éprouver des vertiges, des nausées...

— Mais, votre majesté !... s'étonna sa gouvernante.

— Tais-toi, je t'en prie ! l'interrompit la reine. Ne dis rien. Ne me berce pas d'illusions !

La reine ne voulait pas que l'on crie victoire. Mais à force de subir chaque jour les mêmes malaises, elle finit par accepter l'évidence : la vie prenait racine en elle, bel et bien.

— Je suis enceinte ! C'est vrai, reconnut-elle.

Elle réprima encore sa joie. Tant de chemin restait à parcourir. Tant d'obstacles. Mener la grossesse à son terme, d'abord. Ensuite... donner la vie.

Cette prudence, ces craintes étaient inutiles. En effet, les enfants qu'elle portait devaient naître et, neuf mois plus tard, elle accouchait.

Le premier des jumeaux se présenta peu après le commencement du travail. Il venait bien. La sage-femme s'apprêtait à lui saisir la tête pour faciliter son passage, lorsque soudain, elle recula en poussant un hurlement d'épouvante.

Le crâne du bébé était recouvert d'un casque d'écailles. Une fois dégagé, on découvrit une face allongée, dotée d'un museau pointu, tranchée en deux mâchoires d'où jaillissait une petite langue fendue par le milieu.

— Un monstre, maîtresse ! criait la matrone

d'une voix de gorge. Vous avez enfanté un monstre !

Stimulée par l'horreur qu'elle provoquait, la
bête s'extirpa elle-même de sa mère, libéra ses
épaules, puis deux courtes pattes griffues sur
lesquelles elle prit appui pour se jeter sur le sol.
Elle poussait des grincements aigus et son corps
de serpent se contorsionnait sur les dalles.

La reine s'accouda, vit l'être qu'elle avait
nourri de sa vie, et retomba sur sa couche, ter-
rorisée.

— Un lindorm ! C'est un lindorm ! Mon
dieu...

Il fallait débarrasser la chambre de cette monstruosité.

Maîtrisant sa répugnance, la sage-femme
s'approcha du dragon, le saisit par le cou et le
lança de toutes ses forces par la fenêtre.

— Créature du diable ! cracha-t-elle en espé-
rant qu'il se fracasse le cou. Retourne chez ton
père !

Le lindorm roula avec souplesse en atteignant
le pied des murailles, se redressa, et, se projetant
avec sa queue, il s'enfuit en sautillant sur ses
pattes, en direction de la forêt où il disparut.

Dans la chambre de la reine, le travail se
poursuivait. Le deuxième fils s'apprêtait à voir

le jour. Un second monstre, plus épouvantable encore ?...

— Ayez pitié ! priait la mère.

L'enfant naquit. Un petit d'homme authentique. Rose, replet, qui ramena la paix avec son premier cri.

— Oh merci ! soupira la reine épuisée. Montre-le-moi, matrone. Et recompte bien ses doigts. Aux mains, aux pieds. Et ouvre-lui la bouche. Et tâte-lui la langue...

— Tenez maîtresse, vérifiez vous-même, répondit la servante en déposant l'enfant sur la poitrine de sa mère. Et serrez-le bien fort.

Les années s'écoulèrent. L'enfant grandit, devint un beau garçon, intelligent et éclatant de santé. La souveraine avait tout lieu d'en être fière. Pourtant, elle demeurait sur le qui-vive. Après le cauchemar de son accouchement, elle redoutait que son bonheur lui soit repris.

— Le monstre est sans doute mort, majesté. À moins qu'il n'ait quitté la région, tout bonnement.

La sage-femme avait beau la rassurer, la reine restait hantée. Lorsque son fils, en âge de se marier, vint un jour lui confier ses peines de cœur, elle eut la preuve que son inquiétude était justifiée.

— Mère, déplorait le prince, aucune femme ne veut de moi. Toutes se laissent attirer et séduire, mais toutes ne se complaisent que dans la légèreté. Dès que je leur demande de s'engager durablement, elles se dérobent et me quittent.

— C'est parce que tu n'as pas encore trouvé celle qui te mérite, certifia la reine. Elle existe. Elle t'attend, même. Mais il faut croire que tu n'as pas cherché au bon endroit.

Elle s'efforçait de le tranquiliser, malgré les crocs de l'angoisse qui lui serraient le ventre. Ces échecs répétés portaient la marque de l'horreur ancienne. Le passé revenait habiter le présent. Elle le sentait approcher, de son lourd pas ferré.

Le jeune homme, de son côté, réfléchissait aux paroles de sa mère.

— Tu as sûrement raison. Je vais partir explorer les autres royaumes.

— Sois prudent !

Elle l'embrassa, comme si elle ne devait jamais le revoir, dissimulant son anxiété, et le fils ne se rendit compte de rien. Il se retira, fit harnacher son cheval, prépara ses bagages et quitta le château avant la fin de la journée.

Son périple fut de courte durée. En effet, le

prince venait à peine de s'engager dans la forêt, qu'un monstre lui barra le chemin. Une créature effarante, luisante d'écailles, dont le corps serpentait entre les arbres, comme un ruisseau.

— Bonjour, mon frère ! lança la bête d'une voix rauque.

Dressée devant lui, sa tête ondulait doucement d'un air amusé.

Le jeune homme, atterré par cette épouvantable voix humaine, maîtrisa son cheval avec peine et tira son épée.

— Frère ? s'écria-t-il, furieux. Non seulement tu m'insultes, mais tu insultes ma mère !

Le dragon éclata d'un rire qui ébouriffa la forêt.

— Je n'insulte personne. Je dis la vérité. Je suis ton frère aîné et je savais que nous finirions par nous rencontrer.

Il abaissa sa gueule énorme jusqu'au prince, dardant sa langue comme s'il voulait lui donner un baiser.

— Admettons que tu aies raison, consentit le cavalier.

Il résistait de toutes ses forces à la répugnance qui le gagnait et il demeura impassible, malgré l'haleine lourde du monstre, soutenant son regard qui le fouillait.

— Pourquoi alors, avoir attendu si longtemps avant de te montrer ? poursuivit-il.

— Il fallait que l'instant soit propice.

— Et il l'est devenu ? En quoi ?

Le lindorm conserva le silence et le prince crut qu'il se préparait à le frapper.

— Que veux-tu ? hurla-t-il soudain. Parle !

— La même chose que toi, petit frère, répondit-il en savourant ces deux mots. Une femme ! Pour l'épouser !

Il tendit le cou, ouvrit largement la gueule et cracha une nuée incandescente en direction du ciel. Ses écailles crissaient. On aurait dit la pluie.

— Oui, une femme ! reprit-il en plantant ses yeux de braise dans ceux de son jumeau. Tu en cherches une, n'est-ce pas ? Moi aussi, par la force des choses. Nous avons été façonnés par le même moule, souviens-t-en. Je sais ce que tu sais. Je ressens ce que tu ressens et, en cherchant une femme à aimer, tu éveilles en moi le même besoin d'amour. Sache bien ceci : moi célibataire, tu n'as aucune chance de te marier. Nous sommes liés.

Le prince n'avait pas d'autre choix que de subir. Il rengaina son épée qu'il brandissait toujours.

— Apporte-moi une petite fiancée, insista le monstre. Allons...

Vaincu, le jeune homme rebroussa chemin.

Quand sa mère le vit, si tôt rentré, elle comprit.

— Il est toujours vivant, n'est-ce pas ? s'empressa-t-elle avec effroi. Et tu l'as vu !...

— Je l'ai vu, en effet.

Il eut scrupule à poursuivre. Sa mère s'était figée et sa tristesse faisait peine. C'est elle, néanmoins, qui l'invita.

— Que veut-il ?

— Une femme à épouser. Faute de quoi, je n'en trouverai aucune pour moi. Il me l'a dit.

— Quelle horreur !

Le prince reprit après un temps d'hésitation.

— Qui sait s'il ne souffre pas, comme je souffre, de la même solitude...

— Tais-toi, je t'en supplie ! frémit la reine en retenant un sanglot.

Elle quitta son siège, s'approcha de la fenêtre et regarda la forêt où ce fils se tenait embusqué depuis tant d'années.

— Que comptes-tu faire ? demanda-t-elle.

— Lui fournir ce qu'il désire.

— Alors, je vais t'aider.

Elle envoya ses troupes battre les villes, les bourgs et les hameaux, avec l'ordre de rassembler toutes les jeunes filles bonnes à marier. Elles seraient présentées au lindorm et il choisirait son épouse parmi elles.

La cause de cette razzia, quand elle fut connue, jeta la stupeur et la consternation. Mais le royaume fut quadrillé, canton par canton, et pas une demoiselle ne put s'échapper.

Le monstre eut le dernier mot. Bien différent de celui qu'on attendait. Quand il vit approcher les filles en procession, toutes plus terrorisées les unes que les autres à l'idée d'être aimées d'un serpent, il fit venir son frère et précisa les conditions.

— Nous nous sommes mal compris, dit-il d'une voix qui polluait l'air. Je ne veux pas d'une esclave, mais d'une femme consentante, qui m'accueille et accepte la vie que je lui offre. Une épouse sincère, qui me rende autant d'amour que je lui en donnerai.

Il se passionnait en parlant, martelait ses mots avec ses pattes, dévoilant les fines membranes de ses aisselles. Il paraissait terrifiant et superbe, mais aucune jeune fille ne fut assez téméraire pour se laisser séduire.

Aussi furent-elles renvoyées dans leurs foyers. La reine, alors, décida qu'il fallait prospecter les royaumes étrangers. Mais là-bas, pas plus qu'ici, on ne trouva de fiancée.

Que faire ? À qui s'en remettre ? Ni la reine, ni ses conseillers, ne voyaient comment sortir de cette impasse.

La solution s'offrit d'elle-même, en la personne d'une fille grassouillette, un peu pataude et engoncée dans ses vêtements.

— Pas très élégante, jugea le prince. Mais après tout, bien bonne pour un dragon.

La mère de cette prétendante régnait aussi, quelque part sur la Terre... Un royaume minuscule, dont elle donna le nom en se faisant connaître. Mais personne ne savait où il était situé. C'est dire ! La princesse se garda, en revanche, de révéler que sa mère était versée dans un art qui lui permettait de visiter passé et futur, à volonté. Celle-ci avait ainsi percé la nature profonde du lindorm et dévoilé à sa fille un moyen de le neutraliser.

On la conduisit donc à la forêt – c'était son vœu – et on se retira pour la laisser en tête à tête avec le monstre.

Il arriva presque aussitôt, ses pattes creusant deux sillons dans le sol, auréolé d'une brume de poussière et de feuillages déchiquetés. Lorsqu'il vit la postulante, il la salua d'un souffle enflammé, calculé pour lui roussir à peine la chevelure. Il voulait la tester. Stoïque, la jeune fille ferma les yeux, sans plus.

— Tu n'as pas peur de moi ? murmura-t-il en la flairant. Tu devrais trembler pourtant.

— Si j'avais peur, seigneur, je ne chercherais pas à vous épouser.

— M'aimeras-tu ? demanda-t-il, en enroulant sa queue autour de ses jambes. Tel que je suis ?

— Tel que vous êtes, je le jure ! Et vous, s'enhardit-elle, m'aimerez-vous aussi ? Telle que je suis ?

— Il faudrait que tu m'en montres un peu plus !

Il s'éloigna soudain et feula, gueule béante, répandant une épouvantable odeur de soufre.

— Déshabille-toi ! Vite !

— À une condition, seigneur, précisa la courageuse.

Elle suivait les conseils de sa mère, sans se laisser intimider.

— Tu n'es pas de taille à me dicter tes conditions ! gronda le monstre, agacé.

— Je retire un vêtement, poursuivit-elle en ignorant ses gesticulations, et, de votre côté, vous laissez choir une peau.

Le lindorm regarda la princesse, intrigué, puis

lança une clameur qui ploya les arbres à cent pas
à la ronde.

— Marché conclu ! dit-il en tendant sa patte
griffue. Tope là, ma belle !

La belle topa et il referma ses griffes sur sa
main, épiant sa réaction. Elle s'y attendait. Elle
surmonta la douleur et sourit.

— Commence ! ordonna-t-il en la lâchant.

Alors, très lentement, elle retira son manteau
et le laissa tomber à terre.

— À vous, seigneur !

À son tour, il retira sa première peau. Son
deuxième épiderme était un lit de braises. Le
lindorm rougeoyait comme un sombre rubis,
dans le soir qui descendait. La princesse, la
main sur la broche de sa houppelande, le
contempla un instant, fascinée par son éclat, puis
elle se dégrafa.

L'animal l'observa, lui aussi. Elle semblait sous
ses pelures, plus souple et menue qu'elle lui était
apparue. Puis, d'une forte secousse, il réduisit
ses braises en cendres et se révéla couvert de
terre et de roches, d'épines et de ronces, hirsute,
hérissé. La princesse frissonna. Il était rêche et
acéré, plus cruel que dans sa livrée d'écailles.
Vite, elle retira sa cotte pour qu'il se défasse à
sa suite, mais il prit son temps et éprouva une

peine infinie à se détacher de cette partie de lui. Des heures de gémissements et de cris. Redoutait-il ce qu'il s'apprêtait à montrer ?

La lune se trouvait alors au plus haut de sa course, lorsque son nouveau corps apparut. Un amas de reptiles grouillants, un gigantesque nœud mouvant, pétri de sifflements, qui creusait sa poitrine et ses flancs. Une horreur de fin du monde qui rampait vers la princesse, en se tordant. La fille voulut ouvrir sa robe, mais elle était si effrayée qu'elle ne parvenait plus à bouger.

Comment réussit-elle à se dévêtir ? Au prix de quel effort ? Elle en perdit le souvenir, à moins que la bête ait renoncé à la broyer. Mais pourquoi ?

Suivant les conseils de sa mère, la vaillante princesse, portait sur elle une véritable garderobe. C'était cette masse de vêtements qui l'avait fait paraître lourde et empruntée. Pourtant, à mesure que les heures passaient, ses munitions s'épuisaient et elle maigrissait à vue d'œil.

Le dragon mincissait lui aussi. Mais il avait beau déchirer peau après peau, un monstre nouveau succédait toujours au monstre ancien.

— Je n'en verrai jamais la fin, s'inquiétait la jeune femme en continuant de s'effeuiller.

L'aube se leva. Elle ne portait plus rien, qu'une

simple chemise de lin. Elle avait combattu en vain, toute la nuit, croyant percer le mystère du lindorm. L'heure était venue, pour elle, de se livrer, telle qu'elle était, et le dragon, fasciné, attendait cet instant.

Sa chemise tomba. Elle était nue sous le ciel pâle.

Immobile, le monstre contempla longtemps ce corps frêle qu'il épouserait bientôt. Quand il s'approcha, la princesse ferma les yeux, vaincue, prête à se laisser immoler. Elle entendit sa reptation sur le sol, sentit son haleine de feu l'envelopper. Elle frissonna. Un grondement secoua la clairière où elle avait livré bataille. Le lindorm, fidèle à sa parole, abandonnait une nouvelle peau en ruant. C'en était trop. Malgré sa volonté, elle se mit à trembler de tous ses membres et elle se laissa défaillir.

Au moment de perdre conscience, il lui sembla que des bras se refermaient sur elle et que son corps de velours se fondait contre une peau soyeuse...

Quand elle revint à elle, un homme, allongé nu à ses côtés, lui souriait.

— Tu m'as libéré de mes prisons, lui dit-il. Merci.

Elle reconnut le feu de son regard.

— Le lin...

— Ne prononce plus ce nom !

Il posa ses lèvres sur sa bouche pour la faire taire, en la serrant contre lui longuement.

— Après le pire, grâce à ton audace, je vais savourer le meilleur, murmura-t-il en la dévisageant. Et comble de bonheur, cette récompense, je la partagerai avec toi.

Et, comme ils avaient pris l'habitude, au cours de la nuit, de se défaire, à tour de rôle de chacune de leurs pelures, après son étreinte, c'est elle qui l'enlaça avec tendresse.

Ils sortirent de la forêt, nouveaux, dans ce premier matin et ils se rendirent au château où la reine, en accueillant ce fils perdu, se sentit envahie par une paix qui lui avait toujours été refusée.

Quelques semaines plus tard, on célébra la noce du futur roi avec cette princesse dont la ténacité lui avait permis de renaître. L'aîné marié, la voie était libre pour le cadet, qui trouva chaussure à son pied au cours de la cérémonie.

Pendant la fête, une femme s'approcha de la reine. Âgée, marquée par la vie : la sienne et celle de toutes les personnes qu'elle aidait. Elle portait sur elle une odeur de forêt. La reine la reconnut.

C'était elle qui l'avait guérie, jadis, quand elle était en mal d'enfant.

— Majesté, lui dit la vieille, vous m'aviez quittée tellement vite, autrefois, que je n'avais pas eu le temps de vous le préciser... Les oignons, il fallait ôter les peaux, bien sûr, avant de les manger.

5

Dragon Doré

conte de Chine

Où l'on voit un petit, triompher seul
par la ruse, de l'inertie des très grands.

— Hé, quel vacarme ! s'exclama Dragon Doré en approchant du palais impérial. Que se passe-t-il là-haut ?

Le ciel grondait, soubresautait, comme si le grand dragon Tien-Lung, qui portait sur son dos les demeures de toutes les divinités, s'était mis en colère.

En poursuivant son vol, Dragon Doré perçut de la musique, des rires, des bruits de gongs, et la mémoire lui revint. Tien-Lung n'était pas fâché et le ciel ne risquait pas de s'écrouler. C'était l'Empereur qui donnait une réception tout simplement, à l'occasion de son anniversaire, comme à chaque printemps.

— Quel étourdi je suis ! soupira-t-il, soulagé. J'avais complètement oublié.

Il rentrait d'un séjour sur la Terre où il apprenait son métier et, à chacun de ses retours, il devait se réhabituer aux coutumes de ses frères du ciel.

Il était encore jeune. Il avait à peine deux mille cinq cents ans et ne serait vraiment adulte que dans cinq siècles, à la fin de sa formation.

Il appartenait à l'ordre des Dragons-terrestres-fluviaux, chargés du bon fonctionnement des cours d'eau. Il devait les curer régulièrement, les approvisionner en poissons, embellir les berges de végétation. Il apprenait aussi à modifier le lit des rivières, à en tracer de nouvelles... Dragon Doré était un apprenti studieux, fier d'appartenir à son ordre, car il mesurait chaque jour quels bienfaits il apportait aux hommes. Il s'adonnait à son métier avec une telle passion qu'il ne rentrait au pays que pour les grandes occasions. Et encore, il pensait tellement à la Terre lorsqu'il l'avait quittée, qu'il oubliait pourquoi il en était parti.

Il se posa sur la place du palais, se dirigea vers le grand portail, gardé par deux rangées de dragons combattants en uniforme d'apparat, puis pénétra dans la grande salle de réception. Quel choc ! Quel contraste avec le pays d'En-bas ! L'or, le jade, la perle étincelaient partout. Dragon Doré fut ébloui. Et quelle foule brillante ! Tous les dragons avaient revêtu leurs plus riches atours : robes de velours et de soie, tuniques de brocart, manteaux taillés dans les lumières pourpres du matin... Chacun avait soigné sa toilette, lustré ses écailles, frisé ses moustaches, fait reluire ses cornes, rogné ses griffes pour ne blesser personne.

Tous les grands Maîtres étaient présents avec leurs gens. Ils bavardaient en buvant, s'adressaient mille compliments, chantaient de leurs voix tonitruantes, dansaient et ne voyaient pas passer le temps.

Dragon Doré, qui avait quitté la Terre en hâte, n'avait pas pris le temps de se pomponner et se sentait insignifiant au milieu de tous ces importants. Il ne buvait pas, n'osait pas se mêler aux conversations et ne connaissait aucune dragonne avec qui danser. C'est pourquoi il ne tarda pas à s'ennuyer terriblement.

— Je n'en peux plus de toutes leurs futilités ! bougonnait-il après trois jours de ce régime. Qu'est-ce que je suis venu faire ici ?

Son pays, son vrai pays, la Terre, lui manquait. Il décida d'y retourner.

Son voyage dura peu de temps. Il avait tellement hâte de rentrer, de se remettre au travail. Mais une mauvaise surprise l'attendait. En retrouvant la Chine, en effet, il ne la reconnut pas. Les grandes plaines verdoyantes étaient arides, les forêts dépérissaient, plus personne ne s'activait dans les champs.

— Que s'est-il passé ? s'inquiéta-t-il. Un malheur a frappé. Lequel ? la guerre ?

Tout était brûlé, desséché, racorni. Plus aucune trace de vie.

— Personne ! Où sont-ils passés ? s'angoissait Dragon Doré.

Il survolait un village quand il fut attiré par des sanglots. Une petite fille pleurait devant la porte de sa maison, désespérée. Dragon Doré se posa et s'approcha en revêtant une apparence humaine, pour ne pas l'effrayer.

— Qu'est-ce qui te fait tant de peine, ma toute belle ? lui demanda-t-il avec une infinie douceur.

La fillette leva les yeux sur l'inconnu et devina qui il était malgré son déguisement d'homme.

— Les dragons nous ont abandonnés ! s'écria-t-elle avec colère. Il n'a pas plu depuis trois ans. Plus rien ne pousse. Tout est sec. Mon grand-père est mort hier, en creusant un puits. Et moi, je vais le rejoindre aujourd'hui !

— Trois ans sans pluie ! s'exclama Dragon Doré, incrédule.

Et soudain, il comprit. Un jour du ciel équivalait à un an terrestre. Depuis trois jours, là-haut, la fête battait son plein et, pendant ce temps, trois ans s'écoulaient en bas ! Les dragons, trop occupés à s'amuser, n'assumaient plus aucune de leurs responsabilités. La Terre mourait, victime de leur indifférence.

— Les grands se divertissent et les petits subissent ! tonna Dragon Doré en crachant une grande flamme orangée. C'est trop injuste !

De fureur, il en retrouva son corps de dragon.

— Ne t'inquiète pas, petite. Je vais arranger ça !

Il s'envola aussitôt et abandonna, à l'endroit où il s'était posé, une mare d'eau douce en cadeau. La fillette se pencha pour se désaltérer. Elle n'avait jamais rien bu d'aussi rafraîchissant. Elle se releva et fit un geste pour remercier Dragon Doré. Mais il était déjà bien haut et elle le regarda s'éloigner. Ses ailes transparentes tamisaient la lumière du soleil. Il paraissait aussi léger qu'un papillon.

— Celui-ci est sûrement différent, murmura-t-elle en essuyant ses yeux.

Lorsque Dragon Doré retrouva le palais céleste, la fête se terminait, et les invités, si pimpants quelques jours auparavant, avaient tous des mines de papier mâché. La plupart dormait et l'on n'entendait plus que la musique retentissante de leurs ronflements. Quant aux dragons serveurs, ils avaient profité du relâchement de leurs patrons pour s'empiffrer avec les restes de nourriture et de boisson, si bien que rien n'était débarrassé et que l'hygiène laissait à désirer.

— Tant d'insouciance pendant qu'on meurt sur la Terre ! pesta Dragon Doré.

Il était exaspéré, prêt à s'enflammer. Mais cela n'aurait servi à rien. Il se maîtrisa et courut à la recherche du Maître des Pluies, car lui seul pouvait arrêter le désastre. Misère ! Il était avachi sur un divan et ronflait comme un volcan.

— Maître, Maître, réveillez-vous ! le secoua Dragon Doré.

Le dormeur souleva une paupière et, quand il vit qui l'importunait, ronchonna.

— Qu'est-ce que tu me veux, freluquet ?

— La Terre manque d'eau, grand Maître. Envoyez vite quelques averses pour la faire patienter.

— Des ordres ! grogna l'autre, qui n'aimait pas être bousculé. Voilà que les apprentis osent me donner des ordres, maintenant.

— Non, sire ! Enfin, si... bredouilla Dragon Doré. C'est urgent ! Tout risque de périr !

— Disparais de ma vue, gamin, si tu ne veux pas que tes cornes sentent le grillé ! Seul l'Empereur peut me donner des ordres ! Je n'obéis qu'à lui. Compris ?

Et comme si cet effort l'avait épuisé, il bailla et se rendormit.

— Bon ! se dit Dragon Doré. Inutile d'insister. S'il n'obéit qu'à l'Empereur, allons trouver l'Empereur !

Il savait bien qu'il ne suffisait pas de solliciter une audience pour être reçu. Il savait bien qu'un petit comme lui avait peu de chance d'intéresser un géant. Mais il pensait à la Terre ravagée, à la petite fille qui pleurait, à la promesse qu'il lui avait faite. Cela lui donnait toutes les audaces.

— Nous verrons bien ! Qui ne tente rien n'a rien !

Il n'était pas au bout de ses peines. L'Empereur, affalé sur son trône, n'était pas plus vaillant que son Maître des Pluies et Dragon Doré ne fut même pas autorisé à l'approcher. Ses gardes personnels, choisis parmi l'élite des dragons guerriers, repoussèrent l'importun sans ménagement.

— Pas du genre à plaisanter, ceux-là ! maugréa Dragon Doré en s'éloignant. Je n'arriverai à rien de ce côté.

Il ne s'avoua pas vaincu pour autant.

Il arpentait les différentes salles du palais à la recherche de quelqu'un qui pût l'aider, lorsqu'il aperçut le Maître du Tonnerre.

— Maître ! l'interpella-t-il en se précipitant.

Celui-ci était sur le point de regagner son domaine avec sa chère compagne, la Maîtresse de l'Éclair.

— Que veux-tu, petit ? s'étonna-t-il de sa voix profonde. Tu m'as l'air bien pressé.

— Pardon de vous retenir, nobles aînés, s'excusa Dragon Doré. Une catastrophe ravage la Terre. J'en reviens et je suis très inquiet. Il n'est pas tombé une seule goutte d'eau depuis trois ans. Tout est cuit. Les rivières sont à sec, les fleuves le seront bientôt. Les animaux meurent par milliers, les hommes aussi. Il faut intervenir avant qu'il soit trop tard.

Le Maître du Tonnerre hocha la tête avec gravité.

— Si tu dis vrai, répondit-il, la Terre court un grand danger, en effet.

— C'est aussi mon avis ! fulmina sa compagne. Mais à nous deux, petit, nous sommes totalement impuissants. La foudre et les éclairs n'ont jamais pu produire la moindre pluie.

À cet instant, le Maître des Nuages arrivait en discutant avec son collègue des Vents.

— Vous tombez à pic ! les apostropha la belle dragonne, toute bleue de grésillements. Approchez !

Elle croyait au témoignage de Dragon Doré. L'urgence commandait et les dragons avaient la pénible habitude de se la couler douce. Cela l'irritait profondément. Elle informa donc les nouveaux venus et, sans leur laisser le temps de donner leur avis, prit la direction des opérations, car elle ne supportait pas de rester inactive.

— Toi, ordonna-t-elle au Maître des Vents, souffle, souffle à te crever les poumons ! Toi, des Nuages, ouvre tes greniers, récupère tout ce que tu pourras trouver. Pendant ce temps, Tonnerre, cogne sur tes tambours et sur tes gongs ! Quant à moi... je sais ce que j'ai à faire !

Personne n'éleva la moindre objection. Le vent commença à mugir et aussitôt le ciel se couvrit. Dragon Doré reprenait espoir. Il sentait le parfum de la victoire.

Des ouragans se levèrent. Les nuées n'en finissaient pas de s'accumuler. La foudre grondait de toutes ses voix et les éclairs irradiaient le paysage. Quel son et lumière !

Pourtant, malgré toute leur générosité, les quatre grands Maîtres furent incapables d'obtenir une seule goutte d'eau. Ils étaient très contrariés. Seul le Maître des Pluies pouvait commander la pluie, et ce gros indifférent ne pensait qu'à prendre du bon temps.

La situation n'avait pas d'issue et Dragon Doré était vert de rage.

— Tant pis ! s'écria-t-il, en serrant les poings. Il arrivera ce qu'il arrivera !

Furieux, il se précipita auprès de l'égoïste qui se prélassait, le secoua sans ménagement et lui hurla dans les oreilles :

— L'Empereur vous ordonne de faire pleuvoir immédiatement ! Vous entendez ? La pluie ! Qu'est-ce que vous attendez ?

L'autre se réveilla en sursaut.

— L'Empereur ? Euh... bien sûr ! La pluie ?... Oui, tout de suite... À vos ordres, Majesté !

Les nuages accumulés par les vents crevèrent à l'instant même et l'eau tant attendue se déversa sur la Terre. Elle emplit les fleuves et les rivières, les lacs et les étangs, abreuva les forêts, les rizières et les champs. La nature reverdissait à vue d'œil. La joie, partout, revenait avec la pluie. La vie... Les hommes n'y croyaient plus. Ils chantaient, dansaient en se laissant tremper.

Seule une petite fille connaissait la cause de ce miracle. Elle courait devant sa ferme, bouche ouverte pour boire l'eau qui tombait.

— Merci, Dragon Doré ! criait-elle en riant. Merci !

Il plut pendant des jours et des jours, jusqu'à ce que tous les cours d'eau, tous les bassins, tous les puits de Chine aient fait le plein. On n'avait jamais vu tant d'orages, tant d'averses.

L'Empereur des dragons convoqua son Maître des Pluies pour le féliciter chaleureusement.

— Mais Majesté, répondit celui-ci avec modestie, je suis votre dévoué serviteur et je n'ai fait qu'obéir à vos ordres.

— Mes ordres ? s'étonna le monarque. Quels ordres ?

— Ceux que vous m'avez transmis par l'intermédiaire de Dragon Doré.

— Je n'ai rien transmis du tout ! s'exclama l'Empereur en fronçant les sourcils. Et je ne connais pas ce Dragon Doré. Qu'on aille me le chercher !

Dragon Doré fut arrêté et conduit sans ménagement au pied du trône, où l'Empereur le somma de se justifier.

— La Terre courait un grave danger, votre Grandeur, commença le prisonnier impressionné.

Puis il expliqua dans les moindres détails, tout ce qu'il avait vu. L'Empereur écoutait sans un mot, sans un hochement de tête. À la fin, il prit la parole à son tour.

— Que sais-tu du monde, petit ? lui dit-il d'une voix sévère. Comment peux-tu juger de la gravité d'une chose ou de son urgence ? Des hommes mouraient ? La belle affaire ! Ils sont mortels et ils suivaient leur destinée. Il en reste toujours assez pour en faire de nouveaux !

Dragon Doré baissa la tête.

— Tu ne sais rien, mais tu crois savoir ! poursuivit le père de tous les dragons. Et tu t'arroges le droit de décider. Et tu oses même ordonner en mon nom ! Il n'y a pas de pire crime chez les dragons !

La colère de l'Empereur faisait vibrer le palais sur ses fondations.

— Tu mérites donc la pire des punitions ! Gardes, emmenez-le et... exécution !

Exécution ? Dragon Doré comprit qu'il était perdu. Un long frisson le parcourut, des moustaches jusqu'à l'extrémité de la queue. Condamné à mort pour avoir sauvé des vies !

Dans sa prison, il songea à la petite fille qui pleurait. Maintenant que la pluie était revenue, elle était consolée. Il le savait. Elle avait retrouvé son sourire et cela le réconfortait. Il avait agi avec cœur et ne regrettait rien.

« J'ai eu raison ! S'il le fallait, je recommencerais ! se dit-il en repensant à ce qu'il avait accompli. Je ne me suis pas trompé ! »

Il se croyait seul et perdu. Il ne l'était pas. Les quatre grands Maîtres qui l'avaient aidé, mécontents de la sentence de l'Empereur, s'étaient empressés de répandre la nouvelle sur la Terre et, de toute la Chine, montaient déjà des protestations, des cris indignés, de la colère. Pas une ville, pas un village qui ne manifestait pas. Le pays s'était arrêté et grondait comme un immense troupeau de buffles.

— Libérez Dragon Doré ! Libérez notre sauveur !

— Rendez-nous notre héros !

Un tintamarre infernal. Ah ! les hommes savaient se faire entendre, quand ils le désiraient ! Leur raffut envahissait le ciel, et le palais impérial, d'ordinaire calme et feutré, en était tout secoué.

Bougon, l'Empereur finit par céder.

— Bon ! puisqu'ils tiennent tant à lui, qu'on

le leur donne ! Je le bannis du ciel, commença-t-il.

Les nobles de la cour étaient soulagés. Bien qu'infiniment supérieurs aux hommes, ils redoutaient les conflits avec ces entêtés qui se montraient parfois imprévisibles.

— Ne vous méprenez pas, il est toujours coupable ! Et toujours condamné ! corrigea aussitôt le Maître de tous les Maîtres qui voyait trop de sourires autour de lui. D'ailleurs, tenez, je veux qu'il soit brûlé ! Parfaitement ! Et que ses amis se chargent d'allumer le bûcher.

Personne n'osa protester.

Dragon Doré, une fois extrait de sa cellule, fut donc chassé du palais. Mais il n'était nullement inquiet. Au contraire, il rayonnait à l'idée de retrouver sa Terre.

Quand il apparut au-dessus de la Chine, planant, ses belles ailes transparentes déployées, son arrivée fut saluée par une ovation ! Quel enthousiasme ! Des chants de victoire, des hymnes de reconnaissance !

Dragon Doré survola toutes les provinces de l'empire pour montrer qu'il était bien vivant et remercier ses partisans. Des milliers de pétards saluaient son passage. Des milliers de feux d'artifices. Les réserves des poudreries furent dévastées pour célébrer ce retour.

Le ciel, embrasé, crépitait avec une telle intensité que l'Empereur crut que les hommes étaient déjà en train d'exécuter le condamné. Sur le seuil de son palais, il hocha la tête avec satisfaction. Il ignorait que personne n'avait transmis son ordre, et ses conseillers, qui n'étaient pas dupes, se gardèrent bien de le détromper. Ainsi, au ciel, plus personne ne prononça jamais le nom de ce rebelle.

Dragon Doré, lui, était bien loin de toutes ces hypocrisies. Il venait d'atterrir devant une ferme, où une petite fille l'attendait. Il n'avait pas plutôt posé ses pattes sur le sol, qu'elle se précipitait pour se blottir contre lui. Dragon Doré était ému. Il lui caressa les cheveux en songeant. Son grand-père était mort, elle était seule au monde... Il se pencha vers elle et lui murmura tout bas à l'oreille :

— J'ai bien envie de m'établir dans le ruisseau de ton village, ma toute belle. Qu'est-ce que tu en dis ?

La fillette ne répondit pas. Elle serra son gros museau entre ses bras, de toutes ses forces, et lui déposa un baiser sur la truffe.

Dragon Doré s'installa donc. Il poursuivit son

apprentissage de Dragon-terrestre-fluvial et devint un très grand Maître des Fleuves. Il n'eut jamais l'honneur de porter ce titre, puisqu'il avait été banni de la société des dragons. Il s'en moquait. Sa petite protégée grandissait bien et il était aimé des hommes. Il n'en voulait pas davantage.

6

Dragon blanc et dragon roux

conte du Pays de Galles

Où l'on voit de sombres vérités que
l'on croyait enfouies, surgir de l'oubli
et s'imposer.

Le soleil de Rome s'est éteint. Les terres au nord du monde ont à peine eu le temps d'en recevoir la lumière que déjà la pénombre s'étend sur elles. Partout, les petits rois relèvent la tête, cherchent querelle à leurs voisins pour accroître leur domination. Pendant ce temps, au-delà des frontières de l'ancien Empire, les barbares se réjouissent. La voie est libre pour de nouvelles conquêtes et ils fourbissent leurs armes, accumulent des troupes, attendant le moment propice pour lancer leurs premiers raids.

Des âges sombres s'annoncent. Les vieilles croyances reprennent de la vigueur. Confusion et magie règnent. Et le mensonge, et la crédulité. La vie ne vaut rien. Celui qui porte l'épée est un maître redouté et lorsque deux guerriers se rencontrent, c'est le plus cruel qui survit.

Les présages annonciateurs de ces changements sont nombreux. Celui-ci, par exemple, qui hante l'île de Bretagne[1] : un grand cri caverneux, chaque veille de premier mai, juste avant les quatre jours de fête qui célèbrent le renouveau de la nature. On dirait que la terre se fend et qu'une voix s'élève, du fond de ses entrailles où le feu transforme les roches en eaux grasses et brûlantes. La nuit tremble de ce brame.

Le roi Llud prend les avis de ses mages pour connaître la cause de ce phénomène. Nul ne le satisfait. Il décide alors de traverser la mer et se rend auprès de son frère préféré, Llevelys, qui a épousé la fille du roi de France et règne maintenant sur ce pays. Sa parole est juste. Il juge avec mesure et sait comprendre les mystères. Llud lui accorde sa confiance.

— Ce cri, lui répond Llevelys, c'est un cri de douleur. Un dragon étranger, horrible et blanc, attaque le vôtre. Il est vigoureux et cherche à le vaincre. Votre dragon, le roux, se sent plus faible et vous appelle à l'aide. Voici ce que tu dois faire : une fois rentré, mesure ton île de long en large. Délimites-en le centre avec précision et, à

----

1. L'actuelle Grande Bretagne. La Bretagne française, était appelée Armorique, ou encore petite Bretagne.

cet endroit, fais creuser un grand trou. Dépose à l'intérieur une auge remplie d'un hydromel spécialement fabriqué que tu recouvriras d'un drap de soie. Quand ton piège sera prêt, veille pendant la nuit de leur combat et prépare-toi. Ne t'enferme pas dans ta demeure, comme les hommes le font tous. Résiste à ta frayeur. Tu verras les fauves apparaître et se combattre sans merci. Aucun des deux ne l'emportera et, à la fin de la nuit, ils tomberont épuisés sur la soie qui dissimule la fosse. Ils couleront au fond, boiront l'hydromel jusqu'à la dernière goutte et s'endormiront. Alors, agis au plus vite ! Referme le drap sur eux et emprisonne-les dans un sarcophage de pierre. Ensuite, enterre ce coffre, profondément, dans la région la plus inaccessible de ton pays. Ainsi, les temps à venir seront moins éprouvants.

Llevelys n'en dit pas davantage. Sa prophétie laisse planer l'incertitude. C'est ainsi. Le meilleur devin n'a pas le pouvoir de modifier l'avenir.

Llud est venu chercher une réponse. Il l'a obtenue. Il repart en Bretagne plus troublé qu'il n'est venu et il suit les conseils de son frère. Il trouve le centre de l'île, fait creuser le caveau, construire la cuve, fermenter l'hydromel. Les préparatifs sont terminés à la veille de Beltaine[1].

Alors, chacun rentre chez soi et se prépare à affronter la nuit terrible. Llud, quant à lui, prend position au centre du royaume où la prophétie doit s'accomplir. Avec lui, une troupe de forts gaillards, pour évacuer les monstres dès qu'ils seront ivres.

Dès le crépuscule, l'obscurité est totale. Un vent se lève, fouette les nuées. Au nord, au sud, l'horizon se violace. Des jets de feu fusent, des vapeurs épaisses roulent sur la terre et les premiers grondements résonnent, comme un pouls, au loin, qui marque le tempo du monde.

Soudain, une traînée rousse ondule en sifflant. Une autre apparaît, blafarde, avec la fulgurance de l'éclair. Les bêtes sont là. Elles s'observent. Le ciel grésille de leurs présences.

La rousse jaillit la première, saisit la blanche qui se débat, cherchant à se nouer à l'autre avec sa queue. Leur corps-à-corps soulève des tourbillons, balaie la brume et les nuées. Le ciel s'éclaircit et Llud, hagard, découvre les deux monstres. Deux serpents cornus, recouverts d'écailles de pierre. Leurs gueules ferrées cra-

---

1. Fête celte du 1er mai.

114

chent des tempêtes. Tempête de feu, dont le roux fait provision en s'abreuvant dans les enfers. Tempête de pestilence que le blanc puise à même le cœur des hommes, dans les désillusions et les rancœurs.

Llud et ses compagnons se serrent les uns contre les autres. Ils ont combattu dans de sombres batailles, tous, et tous sont pâles d'effroi. La furie ravage le ciel et la terre, comme elle les ravageait quand les Titans façonnaient le monde. De terreur, plusieurs hommes perdent leurs dents ou voient leur chevelure tomber à leurs pieds. Plus que tout, c'est le souffle des dragons qui jette l'épouvante. Ce râle caverneux qui se propage, inépuisable, avec un fracas de forêt pulvérisée.

Le roi encourage ses braves à résister, car certains, pour en finir avec l'horreur, veulent courir à la gueule des serpents pour être dévorés.

— Tenez jusqu'à l'aube ! les exhorte-t-il. Vous verrez la prédiction se vérifier.

En effet, lorsque l'aurore commence à ronger la nuit, le combat cesse brutalement. Les deux monstres, emmêlés l'un dans l'autre, s'abandonnent comme deux montagnes de chair. Ils se laissent attirer par la folle énergie qui se dégage de ce centre, où Llud a fait creuser son piège.

Ils s'affalent, pantelants, au milieu du bassin d'hydromel, retrouvent assez de forces pour s'enivrer et, vaincus par la boisson, ils sombrent dans un sommeil de brutes.

Aussitôt, les hommes se dressent comme un seul, se précipitent autour du trou, rassemblent les bords du drap de soie, les ligaturent solidement et hissent les fauves empaquetés. Un grand sarcophage a été taillé par des maîtres carriers. Il est prêt. On y enferme les dragons, puis à grand renfort de porteurs, on évacue le coffre scellé dans l'endroit le plus imprenable de l'île, les monts Eryri, au nord des territoires du Gwynedd[1].

Là, le roi Llud a fait creuser un puits qui s'enfonce dans le ventre de la terre. Un tombeau pour affronter l'éternité.

*
* *

Llud a agi comme il convenait. Conscient que son règne est minuscule à l'échelle du temps. Conscient aussi que les actes des rois orientent les destinées de leurs peuples. Il a planté un jalon

---

1. Le mont Snowdon, au nord du Pays de Galles.

dans l'histoire de son île. Bien peu s'en souviendront, car la dureté de la vie au jour le jour est une terre hostile à la mémoire.

Les années s'écoulent lentement, dans l'âpreté, prennent des silhouettes de siècles et les dragons dorment depuis longtemps. Un jour, les barbares lancent leurs premières incursions. Ils viennent de Germanie. Frisons, Jutes, Angles, Saxons. Ils franchissent la mer du Nord, débarquent à l'est de l'île, dévastent les villages côtiers, progressent vers l'intérieur. Ce sont des conquérants. Ils vivent dans l'odeur de la mort. Ils ne croient en rien qui élève l'esprit. Ils portent en eux la haine de l'autre. Ils s'imposent par le fer et le feu. Ils tuent les femmes et les enfants surtout, pour effacer à jamais les peuples qui ne sont pas de leur sang. Un seul nom résume la terreur qu'ils inspirent, celui des plus cruels d'entre eux : Saxons !

Les rois de Bretagne sont pris au dépourvu. Llud a disparu depuis longtemps. D'autres lui ont succédé. Constantin, l'un des plus respectés, règne à l'arrivée des envahisseurs mais il meurt. Le plus âgé de ses fils, Constant, est encore jeune. Pourtant, les barons choisissent de le couronner. Parmi eux, Vortigern, un conseiller influent. C'est un homme courageux mais retors.

Il seconde le jeune roi pour mieux le manœuvrer, jusqu'au jour où il le fait assassiner par des hommes de main qu'il exécute à leur tour.

Les frères de Constant, Aurèle Ambroise et Uther, risquent de subir le même sort. Leurs serviteurs, deux hommes dévoués, fidèles au vieux roi Constantin, sentent la menace qui pèse sur eux. Ils emmènent les héritiers du trône en Armorique. Là-bas, ils grandiront à l'abri et, le moment venu, pourront se préparer pour entreprendre la reconquête de leurs droits.

En Bretagne, Vortigern mène la vie dure aux Saxons. Cette résistance les surprend, et Hengist, leur roi, décide de composer avec ce Breton, qui parle au nom de tous. Tactique ! Ce que l'assaillant n'obtient pas assez vite par la force, il tente de le gagner par la ruse. Vortigern comprend qu'il ne tiendra pas longtemps face à un envahisseur uni, alors que les tribus de l'île peinent à se fédérer. Il accepte la trêve d'Hengist et décide de comploter avec lui pour éliminer ses rivaux. Il persuade les chefs de clans de participer à un grand banquet de réconciliation et, quand la boisson commence à endormir la méfiance, il assiste à leur massacre par l'ennemi.

À la fin de la nuit, sur ces cadavres encore chauds, Hengist-le-violent annonce le mariage de sa fille aînée, Ronwen, avec le nouveau rio-thime[1] breton.

Vortigern se justifie. Il prétend que son amitié avec les Saxons n'est qu'une feinte, qu'il espère ainsi connaître leurs projets, les influencer et freiner l'invasion. Mais sa collaboration divise son peuple. Les tribus qu'il a trahies se nomment de nouveaux chefs et entrent en résistance contre lui.

La guerre s'étend. Embuscades, escarmouches, représailles. Des fumées s'élèvent partout et signalent villages incendiés, villes pillées. Le pays est éventré et Vortigern concentre sur lui la haine de tous.

Souvent, il songe aux deux frères exilés : Aurèle Ambroise et Uther. Ils reviendront un jour, qui sait, revendiquer leur couronne, en dépit des Saxons. C'est pourquoi, il décide de protéger ses arrières en se faisant construire une forteresse. Il la veut inexpugnable et choisit le lieu avec l'aide de ses mages. Elle sera nichée dans la montagne sur les plus hauts monts de Bretagne. De là, il contrôlera aisément le mouvement des troupes qui viendront de la plaine.

---

1. Grand roi.

119

Les travaux commencent. Vortigern réquisitionne une armée d'ouvriers : maçons, tailleurs de pierre, menuisiers, charroyeurs. On installe un four à chaux, une forge, et pendant que les matériaux commencent à s'accumuler, les terrassiers attaquent les fondations.

L'ouvrage progresse vite. Les murs sortent de terre, s'élèvent. La tour prend forme. Simple, mais vaste, elle est conçue pour se défendre aisément.

Pourtant, un jour, inexplicablement, une fissure apparaît dans une paroi, un moellon se détache, ébranle dans sa chute tout un pan de muraille qui s'écroule, ouvrant une brèche béante. Il faut jeter à bas ce qui est instable et tout reconstruire.

Vortigern est furieux. L'architecte reprend ses calculs, vérifie les niveaux. Tout est juste pourtant. L'accident est incompréhensible et le travail reprend. On double les cadences pour rattraper le temps perdu et la tour à nouveau s'élève, prometteuse, jusqu'à ce que, brutalement, elle s'affaisse sur elle-même et dégringole dans un vacarme épouvantable.

Fureur et stupeur. Vortigern tire son épée et tranche son architecte en deux. Sa citadelle en ruine, c'est lui, c'est son pouvoir contesté et défait ! Il confie la construction à un autre maître d'ouvrage et le travail reprend, mais s'interrompt bientôt pour les mêmes raisons. Le chantier, pour la troisième fois, est dévasté.

— Cette obstination n'est pas naturelle ! soupçonne Vortigern. La terre me repousse ! Qu'on m'en trouve la raison !

Des clercs se réunissent, des savants se concertent, mettent leurs connaissances en commun et parviennent à cette conclusion unanime :

— Les lieux ont été imparfaitement purifiés, seigneur. Une énergie maligne demeure dans le sol. C'est elle qui contrecarre vos efforts.

— Dites-moi plutôt comment la vaincre ?

— Il faudrait se procurer un enfant né sans père, l'immoler sur place et asperger les fondations de son sang.

— Alors trouvez-en un et amenez-le !

Les clercs, chargés de cette mission, s'en vont sur les chemins, en quête de cet enfant. Ils le trouvent aux abords d'un village. Il joue à la soule[1] avec des gamins de son âge. Eux ne le

_____

1. Jeu de balle que l'on pratique au pied, ancêtre du foot-ball, ou avec une canne, comme au hockey.

remarquent pas, mais lui, dès qu'il les aperçoit, sait pourquoi ils sont là. Il se fait remarquer en assénant un coup de canne dans les jambes d'un joueur adverse qui tombe puis se relève en l'injuriant.

— Tu as beau tricher, tu ne gagneras pas ! Engeance du mal ! Ta mère n'a pas d'homme ! Et tu n'as pas de père !

Alertés par la dispute, les visiteurs s'approchent. L'enfant, appuyé sur son bâton, les regarde arriver en souriant.

— C'est de toi qu'il parle ? lui demandent-t-il. C'est vrai ce qu'il dit ?

— Deux fois oui ! répond le garçon en s'amusant. Ils prétendent même parfois, mais ici ils n'osent pas, que mon père, en réalité, est le diable !

Les clercs n'en reviennent pas. Prononcer un tel mot à la légère... Ce gosse ne manque pas de culot.

— Comment t'appelles-tu ?

— Myrddin ! C'est le nom que ma mère m'a donné. Mais la plupart me disent Merlin.

— Et ta mère, où se trouve-t-elle, petit ?

— Dans un couvent. Elle prie. Mais à quoi bon la déranger, je dis la vérité. C'est moi que vous voulez. Le roi Vortigern vous a envoyés me chercher. Vous m'avez. Qu'est-ce que vous attendez ? Emmenez-moi !

— Comment sais-tu cela ? l'interroge un des hommes, interloqué.

— Je le sais !

Merlin les regarde. Dans ses yeux, une certitude tranquille et un rire d'ironie. Comment possède-t-il une telle science ? Les clercs sont troublés.

Ils prennent la route du retour. À plusieurs reprises, Merlin les surprend par ses dons. Sur un marché par exemple, il leur prédit la mort d'un pèlerin en train d'acheter des souliers. Ils le retrouvent peu après, à la sortie de la ville, gisant sur l'herbe du talus, sans vie. Il s'amuse aussi à leur répéter ce qu'ils disent sur son compte, en cachette. Et surtout, il leur révèle leurs pensées.

— Qui est-il vraiment, cet enfant ? se demandent-ils.

Ils commencent à le craindre. Né sans père, qui est son père ? Un non humain ? Un esprit ? Divin ou malin ?...

Lorsqu'ils parviennent au chantier de Vortigern, après une longue chevauchée, ils sont soulagés de se débarrasser de lui. Ils le présentent au roi.

— Voilà l'enfant, seigneur !

— Eh bien, tuez-le et accomplissez le rituel !

Personne ne bouge. C'est Merlin, depuis son cheval, qui apostrophe Vortigern.

— Il faut savoir ce que tu veux, roi ! Empêcher ta tour de s'écrouler ou arroser la terre ?

— C'est ton sang, précisément, qui la consolidera, gamin !

— Balivernes ! Qui t'a dit cela ?

— Eux ! répond Vortigern en désignant les clercs.

— Alors, permets que je les questionne à mon tour !

Du haut de sa monture, Merlin les toise. Ils ne bronchent pas. Quel coup s'apprête-t-il à leur porter ?

— Eh bien, savants, pourquoi la tour du roi s'effondre-t-elle ? leur demande-t-il.

Silence. Les clercs détournent la tête.

— Est-ce là tout votre savoir ? s'amuse Merlin. Et tu leur fais confiance, roi ? Ton cheval serait de meilleur conseil !

Il saute à terre et s'approche de Vortigern.

— Je vais te dire, moi, pourquoi ton château ne tient pas ! Il est bâti sur l'eau !

— Sur l'eau ?

— Oui, une nappe.

Merlin revient aux clercs sans leur laisser de répit.

— Et que trouve-t-on sous cette eau ?

Nouveau silence. Vortigern maîtrise avec peine sa colère. Ce gamin est-il un imposteur ?

— Un sarcophage de pierre ! poursuit Merlin. Et dans ce sarcophage ?...

Tous les témoins écoutent, tendus, la suite des révélations.

— Creusez d'abord et vous saurez !

Aussitôt, on s'empresse d'avancer des chevaux, des chariots. On pioche, on évacue la terre. Les derniers murs de la tour encore debout sont abattus. Le chantier est une vaste fouille qui s'enfonce dans le sous-sol. Après des jours et des nuits d'efforts, on atteint l'eau. Elle jaillit. L'enfant avait raison. Vortigern n'en revient pas.

— Creusez de larges fossés pour canaliser le flot ! ordonne Merlin.

Personne n'ose contester son ordre.

Des torrents ravinent les pentes de la montagne, emportent terre et rocs. Tous pataugent dans la boue. Enfin, quand la nappe achève de s'écouler, un sarcophage apparaît.

— C'est un vestige des temps anciens ! s'écrie un des clercs. Il a été taillé par les géants !

— Bien vu ! complimente Merlin. Mais que renferme-t-il, nobles seigneurs ? Vous l'ignorez, n'est-ce pas !... Ouvrez ! Vous y trouverez un drap de soie richement tissé et deux dragons !

En entendant ces mots, les ouvriers qui s'affairaient autour du couvercle reculent, épouvantés.

— Ne craignez rien, les rassure Merlin. Ils sont inoffensifs. Ils dorment.

La pierre est lourde. Avec peine, les hommes la font glisser. La lumière pénètre dans le tombeau. On aperçoit le drap. Soie tissée d'or, comme annoncé. Merlin commande alors qu'il soit retiré du sarcophage et, une fois au sol, étalé bien à plat.

C'est ainsi que tous découvrent les deux serpents. Vision d'épouvante. Les corps des monstres, hérissés de lourdes écailles, sont enchevêtrés. L'un est blafard comme un visage de défunt. L'autre, roux, comme le sang sur un champ de bataille. Ils sont inertes. Morts ?...

La première stupeur passée, certains s'enhardissent et s'approchent, mais Merlin, d'un signe, les tient à distance. Il a vu la veilleuse de la vie se rallumer dans les bêtes. Leurs narines frémissent. Ils s'éveillent. Ils se flairent, se reconnaissent et soudain se dressent dans un élan hargneux, encore entre-noués, et s'affrontent. Leur vieille haine recommence à flamber. Leur combat séculaire reprend. Mais ils ne quittent pas le drap de brocart dans lequel ils dormaient. Ils luttent sur cette arène, tels deux gladiateurs cuirassés dans les théâtres de Rome, avec fureur.

Le blanc a l'avantage et ses assauts répétés manquent plusieurs fois de le faire triompher. Le roux, plus subtil, subit en économisant ses forces. Lorsqu'il sent le blanc faiblir, il se déchaîne, referme ses crocs de fer sur le cou de son ennemi et serre, serre dans un jaillissement d'étincelles, jusqu'à ce que la tête cède et tombe, sectionnée.

La victoire du roux à peine acquise, les deux dragons disparaissent dans un éclair fulgurant et, avec eux, le drap et le coffre de pierre.

Après le vacarme, le silence. Après la furie, l'apathie. Chacun, hébété, se demande quel mystère vient de se jouer. Vortigern parle en premier. Il est livide et sa voix tremble un peu.

— Cette bataille, enfant, demande-t-il à Merlin, explique-m'en le sens.

— Ne conviendrait-il pas mieux d'interroger tes savants, roi ?

— Parle ! reprend Vortigern, agacé.

— Alors, ne me reproche jamais de t'avoir averti, rétorque le jeune Myrddin. Tu veux savoir ? Voici !

« La nappe d'eau stagnante, c'est le monde. Le drap de brocart, l'île de Bretagne. Quant aux monstres ferrés que tu as vus s'entre-dévorer, le blanc te représente, avec tes amis Saxons, et le roux représente la descendance du légitime roi Constant.

« Tu as longtemps eu l'avantage et ce temps est révolu. L'heure de la revanche a sonné. Prépare-toi pour ton dernier combat, Vortigern. Aurèle Ambroise et Uther ont grandi. Ils ont rassemblé une armée. Ils approchent de nos côtes et savent où te trouver.

Vortigern écoute, abasourdi, la prédiction du mage. Merlin ? Myrddin ? Qui est-il vraiment cet enfant double ? Un fils du diable, comme la rumeur le prétend ?

Quand il sort de son hébétude, il lance un ordre.

— Gardes, emparez-vous de lui !

Mais l'enfant devin a déjà disparu.

7

Anbo

conte de Chine

Où l'on voit comment l'amour donné à un enfant peut devenir la source d'un amour plus grand.

Pas un souffle sur l'eau, pas une brise sur le rivage. La mer vaste fait provision de lenteur. Sur la côte, parsemées, quelques maisons, et sur le sable, des embarcations tirées au sec. Les hommes sont rentrés. Ils réparent leurs filets et les apprêtent pour le lendemain. Ça et là, des feux aux regards vifs. L'air est propre. Le poisson grille et la fumée se défait.

Assise sur la barque de son époux, une jeune femme donne le sein à son enfant. Ses yeux se posent sur la mer, sur son mari tout proche. Elle offre son lait et la paix qui règne. Elle ne sait pas qu'on l'observe, qu'on l'envie. L'envier, elle ? Une épouse de pêcheur, fille de pêcheur elle-même, sans autre bien que sa vie, sans autre trésor que son petit ? On l'envie, oui, j'ai bien dit. Un être sous la surface de l'eau, invisible, l'observe. Un être puissant, qui demeure dans un vaste palais, au fond de l'océan...

Comprenez-vous de qui il est question ? Non ? Un détail encore pour vous mettre sur la voie... Ce guetteur n'est pas humain, mais peut à volonté se transformer en homme pour mieux passer inaperçu lorsqu'il vient sur la Terre. Vous avez deviné de qui je veux parler ? Cet indiscret, c'est... un dragon ! Et pas n'importe lequel. Le roi en personne. Le vénérable Lun-wang.

Son épouse, la reine, vient d'accoucher. Pas de son premier bébé. Elle a déjà donné naissance à de nombreux enfants. Tous des mâles, hormis cette fois où elle a mis au monde une femelle. Pardon, ce mot ne convient pas. Elle a mis au monde une fille ! Il faut le dire ainsi. Une vraie fille ! C'est un fait exceptionnel qu'une petite dragonne revête cette apparence dès ses premiers instants. Cela promet.

— Il faudrait l'élever avec du lait de femme, Majesté, avait aussitôt conseillé la gouvernante du palais. Afin de ne gâcher aucune de ses qualités.

Le lait humain est incomparable. Tous les dragons le savent bien. Mais il est tellement difficile de s'en procurer.

— J'en trouverai ! avait répondu le roi.

Depuis des jours, il cherche. Il n'a voulu

confier cette mission à personne. Il est tellement fou de joie, tellement comblé d'avoir une fille, qu'il ferait n'importe quoi.

Il a patrouillé au large de nombreuses côtes, exploré des centaines de kilomètres de rivage, en vain. Jusqu'à ce village insignifiant, où sa quête s'achève enfin. Il est ému et il demeure long-temps immobile, au ras des flots, à contempler ce tableau de la mère à l'enfant. L'amour l'illu-mine, la tendresse...

— Voilà ce qui fait la richesse du lait humain, murmure-t-il. Quelle merveille !

Mais il n'est pas venu ici pour s'attendrir. Il est venu pour voler, faire main basse sur un joyau plus précieux que l'or et l'emporter !

Il se dresse soudain, ruisselant d'écume et de nacre, s'élance vers le rivage, s'empare de la mère, paralysée de frayeur, l'arrache à son nour-risson et l'emporte dans l'océan. L'enlèvement ne dure qu'un instant. Le père relève la tête, se précipite en hurlant, suit le ravisseur dans la mer. Trop tard ! Derrière lui, l'enfant pleure sur le sable. Il revient et le prend dans ses bras, mala-droit comme un papa.

— Jinniu, mon fils, lui dit-il, comment vais-je te nourrir maintenant ?

Il est accablé de colère, accablé de questions...

135

La maman est loin déjà. Entre deux eaux, elle s'enfonce dans l'obscurité des abysses, entraînée par le grand Lun-wang. Elle retient son souffle aussi longtemps qu'elle peut, puis s'évanouit. Quand elle reprend connaissance, elle est allongée sur un lit de soie. Il fait doux. L'air est parfumé. Des odeurs qu'elle ne connaît pas. La lumière étincelante semble produite par les lieux, comme si elle se trouvait à l'intérieur d'une bulle. En découvrant que des dragons s'affairent autour d'elle, elle comprend. Elle est dans le palais d'écume du roi-dragon.

Il s'avance justement. Chacun s'écarte en s'inclinant. Il est vêtu d'une robe de velours outremer, étoilée de sable doré. Il porte un nourrisson dans ses bras.

— Voici ma fille, annonce-t-il. La princesse Anbo. Je veux que vous la nourrissiez, madame.

Il est grave. Il parle avec déférence et respect. Craindrait-il un refus ?

— Vous êtes ici chez vous, reprend-il. Je vous donne la jouissance de tout ce que je possède, en échange de votre lait pour ma petite demoi-selle.

Il se penche et dépose l'enfant dans les bras de sa nourrice. Oh ! la chaleur de ce petit corps. La maman pense à son garçon, là-bas. Jinniu... Elle voudrait sangloter, mais Anbo la regarde et les yeux de la fillette rient.

Alors, la jeune mère déboutonne le haut de sa tunique et découvre son sein. Anbo le prend, naturellement, et commence à téter en agitant ses menottes.

« Ne pas pleurer. Le chagrin est mauvais pour le lait », songe la nourrice en contenant sa peine.

Anbo mange bien. Elle est gourmande. À la fin de son repas, elle fait un rot qui réjouit tous les témoins et elle s'endort, la bouche contre le sein.

Les jours passent. Le chagrin de la maman, privée de son bébé, s'apaise tétée après tétée. Son mal d'amour se transforme et, d'un nourris-son à l'autre, son affection qui retrouve à s'employer allège ses regrets. Comment expli-quer ce mystère de la fusion entre la mère et son enfant ?

Anbo profite bien. Elle s'épanouit, elle babille pendant des heures dans les bras de sa nourrice, qui lui répond, gazouille avec elle, la caresse, la câline comme si elle était sa fille.

Mois de connivence, années de complicité... De nourrice, la femme devient confidente. La princesse grandit, toujours aussi belle, toujours aussi admirée par son père.

— J'ai eu raison d'enlever cette femme ! aime-t-il se féliciter avec fierté. Les vertus du lait humain sont réellement étourdissantes !

La nourrice, pourtant, n'a pas oublié sa vie d'avant. Avec Anbo qui la questionne, elle parle fréquemment de la Terre, de son village, de l'humble vie des pêcheurs et de Jinniu, son petit.

— Il a le même âge que toi, aujourd'hui...

Elle murmure ces mots. Ses yeux se perdent dans le vague et elle se tait.

Anbo, curieuse, veut savoir. Elle réclame des détails, avec sa franchise d'enfant joyeuse.

— Et que fait-il maintenant ? Et pourquoi l'as-tu quitté ?

Ses questions reçoivent un sourire, un baiser.

— Je vais t'enseigner un jeu que ma mère m'a appris, lorsque j'avais ton âge...

Et jamais plus de précisions.

Anbo n'est pas sotte, loin s'en faut. Elle comprend. Chaque fois qu'elle aborde ce sujet, sa nourrice est mal à l'aise, elle se trouble, hésite.

— Tu me caches une peine, se dit-elle. Si seulement tu acceptais de me parler, je t'aiderais.

Elle décide de ne plus l'importuner et de percer elle-même ce mystère. Malheureuse ! Quand, à force de harceler ses servantes, elle découvre l'acte commis par son père, elle est horrifiée.

— C'est un crime ! s'écrie-t-elle. Son amour l'a aveuglé. Ou son orgueil...

Elle plaint celle qui l'a élevée, si discrète sur son malheur.

— Être arrachée à son enfant... Comment a-t-elle pu résister ? Et malgré son chagrin, m'aimer ?

Anbo se sent redevable d'une dette envers elle. Elle veut l'effacer. Et, comme son père était jadis parti en quête d'une nourrice humaine, elle aussi se met en quête.

— Je retrouverai sa famille !

Pourquoi faire ? Elle ne se pose pas la question. Elle est bien trop pressée de faire taire la voix du malheur et, un jour de fête au palais, où tout le monde s'amuse, elle s'éclipse.

À son tour, elle patrouille longtemps au large des côtes, explore des kilomètres de rivages en vain, jusqu'au jour où elle parvient devant un petit village de pêcheurs, enfin.

Au ras des flots, elle observe les lieux. Deux

hommes se tiennent à côté d'une hutte. L'un semble être le père de l'autre. Il est blessé au dos et se fait soigner. Quand elle les voit, Anbo sait qu'elle est arrivée. Le plus jeune, c'est Jinniu. Il ressemble trait pour trait à sa mère.

Anbo sort de l'eau, se sèche, puis s'approche. Elle prétend qu'elle s'est égarée et demande l'hospitalité.

— Nous n'avons pas grand-chose, répond le père, mais nous le partagerons avec toi. Reste le temps que tu voudras.

Jinniu la regarde. C'est un éclat de lumière sur la mer.

— Elle ne ressemble à aucune fille d'ici, mur- mure-t-il. Comment est-elle parvenue jusqu'à nous ?

Il termine les soins de son père, puis s'inquiète de l'étrangère.

— Tu dois avoir faim... Viens, le repas est cuit.

Ils s'installent tous trois autour du feu. Ils mangent. Au menu : poisson grillé, l'immuable nourriture du pêcheur. La princesse a faim. Lorsqu'elle a terminé, elle se nomme, pour remercier de l'accueil.

— Je m'appelle Anbo.

Sa voix frémit comme une marée chaude, avec

des rires de coquillages roulés par le ressac. Jinniu attend qu'elle poursuive et en confie davantage sur elle, mais elle se tait déjà.

— Moi, je suis Jinniu, se présente-t-il à son tour. Et voici mon père.

« Je sais ! » se retient de répondre Anbo. Elle sourit et Jinniu ne comprend pas la raison de son sourire.

Quand la nuit tombe, les deux hommes cèdent la hutte à la jeune fille et ils s'endorment sous le ciel.

Le lendemain, avant le jour, ils partent. Anbo, qui les entend pousser la barque dans la mer, les rejoint. Elle leur indique un lieu où jeter leur filet et les regarde s'éloigner.

Pendant leur absence, elle en profite pour parcourir la région. Elle la découvre pauvre, aride, tellement différente des récits émus de sa nourrice. Embellissait-elle son passé ou bien la réalité a-t-elle changé à ce point ?

Lorsque les hommes rentrent, à la fin de la journée, ils n'ont jamais capturé autant de poissons.

— Regarde ! s'écrie Jinniu en montrant sa cargaison. On a suivi tes conseils. On est tombés sur un banc !

Le père et le fils ne sont pas au bout de leurs

surprises. Leur hutte, nettoyée, ordonnée, est toute métamorphosée.

— Je crois bien que tu es notre bonne étoile, petite, se réjouit le père en la remerciant.

Anbo incline la tête, respectueusement.

« C'est bien le moins que je puisse faire ! songe-t-elle. Rien ne vous est donné et vous devez sans cesse lutter pour gagner le peu que vous avez. »

Les jours suivent les jours. Elle continue de conseiller ses hôtes et le vent de la chance ne tourne pas. Le poisson se trouve toujours où Anbo le prévoit. Un soir, le père, avec gravité, s'adresse à la jeune fille.

— Si tu voulais rester, lui dit-il. Jinniu et toi avez le même âge et je vois bien que vous vous plaisez. Mariez-vous donc.

Aimer. Rendre à Jinniu l'amour dont elle l'a privé... Anbo accepte, le cœur plein de joie. Enfin, elle va pouvoir rembourser sa dette, sans compter.

Les deux jeunes gens, presque frère et sœur de lait, deviennent ainsi mari et femme.

Des semaines de bonheur et des mois. Jinniu, maintenant, part seul en mer. Il rapporte tellement de poisson que son père doit s'occuper de le vendre sur les marchés. La prospérité s'est installée chez eux, depuis l'arrivée d'Anbo. Les journées sont longues et, le soir, les amoureux se retrouvent. Ils sont discrets et parlent peu.

Jinniu, une seule fois, s'est montré curieux.

— Quand tu es arrivée, d'où venais-tu ? avait-il demandé.

— De la montagne ! Des brigands avaient incendié mon village et tué mes parents. J'ai pu m'enfuir avant qu'ils me retrouvent.

Quel village ? Quelle montagne ? Impossible d'obtenir la moindre précision. Jinniu avait bien compris qu'elle lui cachait la vérité, mais il n'avait pas insisté. D'ailleurs, elle s'était empressée de changer de conversation, pour le questionner aussi. Cette plaie sur le dos de son père, toujours soignée, jamais cicatrisée ?... Et le pays, tellement démuni, tellement sec, comme abandonné par les pluies ?...

— Notre village, comme le tien, a été attaqué, avait-il répondu sur le même ton. Nous avons pu repousser les bandits, mais mon père a été blessé par une lame empoisonnée. Quant au pays, c'est un pays oublié...

Jinniu mentait. Anbo n'était pas dupe, mais elle avait fait semblant de le croire. Pourraient-ils, un jour, se confier l'un à l'autre, plei-

nement ? Se dévoiler leurs secrets, chasser les
ombres ?

— Le temps nous fournira peut-être une
occasion, avait soupiré Anbo. Attendons.

Elle se montre patiente, mais le jour de leur
anniversaire de mariage, elle n'en peut plus et se
décide à parler.

— Jinniu, lui avoue-t-elle, je n'ai jamais vécu
dans la montagne. Je ne t'ai pas trouvé par
hasard. Je t'ai cherché. Je suis la fille du roi des
dragons. Il a enlevé ta mère et c'est elle qui m'a
nourrie. Longtemps, j'ai ignoré la vérité. Dès que
je l'ai sue, j'ai voulu te rencontrer.

Anbo s'interrompt. Jinniu la regarde comme
s'il découvrait un monstre. Il est livide. Ses traits
sont durs.

— Alors, c'est à cause de toi... souffle-t-il
d'une voix sourde.

Il cherche ses mots. Sa bouche tremble. Soudain, il explose.

— Tu m'as volé ma mère !

Il saisit sa femme par les épaules et Anbo sent
un ouragan de violence près de fondre sur elle.

— Tu m'as volé ma mère ! répète-t-il comme
si ces mots contenaient toutes les solitudes de sa
vie.

Son père s'approche pour le calmer.

— Tu vois, lui hurle-t-il, c'est elle, la responsable de tout.

Incapable de parler, il la repousse d'un geste
haineux et s'enfuit vers la mer.

Anbo pleure. Son beau-père lui prend les
mains et la console.

— Pardonne-lui. Je ne l'ai pas élevé dans la
vengeance et je lui ai toujours dissimulé la vérité.
Mais il l'a apprise, d'un autre que moi, car on
ne peut pas empêcher les gens de parler. Alors,
il s'est emporté et il a saccagé un temple consacré
au roi des dragons. Quand ton père l'a su, il a
jailli des eaux, il s'est jeté sur Jinniu pour le
punir, mais je l'ai protégé et c'est moi qui ai reçu
son coup de griffe sur le dos. Depuis ce jour, il
nous a privés de pluie et le pays ressemblera
bientôt à un désert.

Anbo est désemparée.

— J'aurais dû me taire, regrette-t-elle. En vou-
lant réparer le malheur, je n'ai fait que l'aggraver.
Faire le bien, quelle arrogance !

Anbo mesure son erreur. Elle voit Jinniu, dans
les vagues jusqu'aux genoux, enfermé dans sa
rage. Elle court le rejoindre. Elle l'appelle, ouvre
les mains.

— Jinniu... il vaut mieux vivre avec la vérité.

Cette voix, si chaude hier, le griffe aujourd'hui comme un crochet de fer.

— Garde-la, ta vérité ! Je n'en veux pas ! Je ne veux plus de toi ! Retourne chez ton père.

Sourd à toute parole d'apaisement, il enlève son épouse dans ses bras et la jette dans la mer.

Accablée, elle se laisse malmener comme une poupée de chiffon et, doucement, elle s'abandonne dans les flots. L'océan la reconnaît. Il s'émeut de son chagrin. Il l'enveloppe avec précautions et la ramène dans sa maison.

À peine au palais, elle se ressaisit. Non, elle n'a pas l'intention d'y demeurer ! Non, elle ne renonce pas à son projet ! Elle l'a conçu par pitié, elle le poursuit maintenant par amour. Plus que jamais, elle est décidée à racheter le crime de son père.

Sa nourrice manque s'évanouir d'émotion quand elle la voit réapparaître, après une si longue absence.

— Où étais-tu ? lui demande-t-elle, au bord des larmes. J'étais rongée d'inquiétude. Par bonheur, ton père s'est absenté le lendemain de ton départ. Une tournée urgente, pour remettre de l'ordre dans ses provinces. Elle a duré plus que prévu. C'est pourquoi il ne sait pas que tu as disparu. Il ne va plus tarder maintenant. Heureusement, tu es là !

— Pas pour longtemps ! répond Anbo. Prépare-toi, je reviens te chercher pour te remmener auprès des tiens !

Elle quitte sa nourrice qui n'en croit pas ses oreilles et elle se glisse dans le palais, à travers couloirs et corridors, jusqu'aux souterrains où sont entreposées les bonbonnes magiques qui déversent la pluie sur la Terre. Elle en dérobe une, puis retourne en hâte à ses appartements. Elle sait comment reconquérir son Jinniu.

— Vite, nourrice ! Filons d'ici !

Elle craint que son larcin soit bientôt découvert.

— Océan, je t'en prie, reconduis-nous à l'endroit où tu m'as recueillie.

Comment l'océan pourrait-il refuser d'aider la fille du roi dragon ? Il obéit et, un battement de paupières plus tard, les deux femmes émergent des flots, sur le rivage, devant Jinniu qui ne s'est pas encore apaisé. Il est ébahi.

— Anbo !

Puis il se tait, stupéfait, devant l'inconnue qui accompagne son épouse. Elle lui ressemble tant.

— Mère... murmure-t-il, les yeux remplis d'écume. C'est toi ?

— Jinniu, mon petit ! s'écrie-t-elle, en courant vers lui.

Pendant qu'ils s'embrassent, Anbo se hâte d'ouvrir sa bonbonne. Une première averse tombe aussitôt, tire du sol, un frémissement de plaisir. L'eau du ciel apporte le renouveau. Tout reverdit déjà.

Anbo ne s'attarde pas. Elle quitte le village de son mari, s'éloigne en semant la pluie. Le temps presse. Infatigable, la princesse sillonne le pays pendant des jours et ramène la vie. Elle sait qu'elle est en sursis.

En effet, ce qu'elle redoutait survient. La mer se creuse, révèle un gouffre qui s'enfonce jusqu'au socle du monde. Un tourbillon d'écailles bleues surgit. C'est Lun-wang, le furieux. Il cherche sa voleuse. C'est sa fille bien-aimée ? Qu'importe, il sera sans pitié ! Il la traque, il fouille, ouvre un fossé sous chacun de ses pas. Il remonte sa trace à travers le pays, sème la désolation derrière lui et, quand il la trouve enfin, il lâche toute sa furie.

— Tu m'as trahi !

Il hurle en frappant le sol d'un coup de patte. La terre s'ouvre. Une crevasse profonde ! Anbo n'a pas le temps de s'échapper. Elle est happée par l'abîme et glisse, horrifiée, vers les ténèbres.

Lun-wang, le roi, n'a pas un geste pour la retenir. Au contraire, il frappe le sol une seconde fois, de son talon d'orgueil et l'horrible gueule de terre et de rocs se referme sur la jeune femme.

— Tu ne me trahiras plus ! grogne-t-il pour la dernière fois.

Il récupère sa bonbonne magique, plonge dans les flots et disparaît à son tour.

La tourmente s'apaise et l'eau du ciel qui se déverse efface les traces de ce drame.

*
* *

Dans l'humble village au bord de l'océan, Jin-niu pleure. Il pleure sa mère retrouvée. Il pleure son amour perdu. Un vide s'est comblé, mais un désespoir s'est creusé. Sans Anbo, comment vivre ? L'océan entend sa peine et l'aide. Il l'accueille avec sa barque, aujourd'hui comme hier, et, aujourd'hui comme hier, la voix d'Anbo l'accompagne et le conseille :

« Ton filet, jette-le par ici. Jette-le par là !... »

Anbo, toujours présente.

Sur la terre, à l'endroit où la princesse a disparu, une source est née, étrange, aux eaux blanches.

Lorsqu'il apprend la nouvelle, Jinniu s'y rend avec ses parents.

— C'est Anbo ! s'écrie la mère devant le petit bassin qui s'est creusé. Anbo généreuse, qui rend au centuple le lait que je lui ai donné.

Jinniu regarde sa mère, intrigué. Dans ses paroles, en écho, il a entendu murmurer la douce Anbo :

« Ton filet, jette-le par ici ! »

— Jeter mon filet dans une flaque ? Quelle idée ! s'étonne Jinniu, certain d'être victime d'une hallucination.

« Ton filet, jette-le par ici, allons, qu'est-ce que tu attends ! insiste la voix, au cœur de ses pensées maintenant. Et capture le grand dragon ! »

Soudain, Jinniu comprend. Vite, il s'accroupit, puise de l'eau dans ses mains et rince abondamment le dos de son père qui n'a jamais cessé de suppurer. Miracle ! Au contact du liquide, la blessure se referme et cicatrise aussitôt. Cadeau de la bru reconnaissante. Cadeau de la princesse dragon aux hommes qu'elle a aimés.

Anbo, toujours vivante.

*
* *

Les dragons sont éternels et leurs bienfaits les accompagnent. Aujourd'hui, la source n'est pas tarie, car Anbo n'a pas renoncé à son projet. Avec constance, elle rachète l'horrible crime de son père et ses larmes de lait continuent de guérir les blessures et les plaies.

8

La bête à sept têtes

conte de France

Où l'on voit un poisson prédire l'avenir et offrir sa vie pour assurer la prospérité d'un père et de ses enfants.

Voilà un homme. Voilà une femme. Ils sont mariés et vivent sous le même toit. Mais cela ne suffit pas à les nourrir. Ils sont pauvres et ils n'ont rien. Vraiment rien. Un jour, l'homme décide.

— Je vais aller pêcher. On verra bien !

Il se rend au ruisseau, jette son fil dans l'eau et capture une carpe.

— Ah ça ! s'écrie-t-il, réjoui.

Le poisson n'est pas de son avis. Mécontent de s'être laissé prendre, il négocie aussitôt sa liberté.

— Que vas-tu faire de moi, homme ? lui demande-t-il.

— Te manger, pardi ! répond l'autre. J'ai faim. Ma femme aussi.

— Et quand tu m'auras mangé, tu seras bien avancé. Ton assiette sera vide et ta faim reviendra.

— C'est vrai. Je n'y avais pas pensé.

— Alors, écoute-moi et tu ne le regretteras pas.

— Je t'écoute.

— Si tu me laisses repartir, tu trouveras chaque matin une pièce d'or sous le noisetier de ton jardin.

— Une pièce d'or ? s'exclame le pêcheur. Et qu'est-ce qui me prouve que tu dis vrai ?

— Rien ! C'est un risque à courir. Choisis ! Je ne te le proposerai pas deux fois !

L'homme réfléchit.

« Les carpes n'ont pas la réputation de mentir, se dit-il. Après tout, qu'est-ce que je risque ? De rester pauvre ? J'y suis habitué ! Allons, qui ne tente rien n'a rien ! »

Et il la rejette à l'eau.

Avant de s'éloigner dans le courant, la carpe s'attarde un instant.

— Juste une précision. Tu ne m'as pas laissé le temps de t'avertir : ne te vante pas de notre marché. N'en parle à personne. À ta femme si tu y tiens, mais qu'elle ne bavarde pas. Compris ?

— Oui, oui ! Muet comme une carpe, confirme-t-il en riant. Bien compris !

Elle disparaît dans le ruisseau. Lui regagne son hameau.

— Qu'as-tu pris ? questionne sa femme en le voyant rentrer.

— Rien !

— C'était bien la peine !

— Enfin, si, une carpe. Mais je l'ai relâchée.

— Relâchée ? Pourquoi as-tu fait une chose pareille ? Tu es complètement fou !

— Je n'ai pas le droit d'en parler.

La femme flaire un secret. Aussitôt, sa curiosité s'enflamme. Elle assiège son mari : roucoulades, flatteries... Lui donne du « mon chéri », du « sois gentil ». Le mari, qui n'a pas l'habitude de ces assauts, fléchit, puis capitule.

— Mais à une condition, exige-t-il. Jure que tu ne parleras pas.

— C'est juré !

— Bon ! Alors, voilà... En échange de sa liberté, la carpe m'a promis une pièce d'or chaque matin.

— Et tu l'as crue ? Nigaud !

— Parfaitement. Sous le noisetier du jardin !

— Andouille ! Triple crétin !

— Toi-même ! Explique-moi donc comment elle sait qu'un noisetier pousse au bout de notre terrain ?

Pur bon sens, en effet. L'épouse, désorientée, se tait, hésite, puis renonce à discuter.

Le lendemain, à la première heure, ils se précipitent sous le feuillage du noisetier et découvrent la pièce qui les attend.

— Alors ? jubile le mari. Tu me crois maintenant ?

Son épouse l'entend à peine. Elle pense déjà à la façon de dépenser cet argent. Manger d'abord. Un bon repas. Bien se rassasier et ensuite...

Ensuite, la première pièce n'est pas dépensée, qu'une autre la rejoint le matin suivant, et une troisième le surlendemain, une quatrième, une dixième... Ding, ding, ding, la carpe tient parole et les écus égrènent les jours qui passent et les semaines.

De misérable qu'il était, le couple mène grand train dorénavant et prend la vie du bon côté. Cela intrigue les voisins. Ils s'interrogent.

— Comment donc ? Ils étaient au bord de la mendicité et les voilà qui roulent sur l'or !

— Comment donc ? Il n'y a que les bandits pour vivre sans travailler, comme des milords ! Ceux-là sont d'honnêtes gens, pourtant !

Les femmes s'en mêlent. Elles veulent savoir.

— Si ce n'est pas trop indiscret, demande l'une d'elles à l'épouse, que vous est-il arrivé ? La fortune est tombée dans votre cheminée ?

— Je ne sais !

— Oh que si, vous savez !

— C'est vrai, mais je n'ai pas le droit d'en parler !

— Pas le droit ? Une femme comme vous ? Allons donc ! Personne ne vous a jamais bâillonnée !

La femme du pêcheur laisse caresser sa vanité, lâche un mot, puis un autre, et finit par révéler la rencontre de son mari avec la carpe.

— Mais que cela reste entre nous, recommande-t-elle à sa confidente. Ne le répétez pas, surtout !

— Je suis une tombe ! promet la voisine. Comptez sur moi.

Garde-t-elle le secret ? Le trahit-elle ? Qu'importe ! La principale intéressée, incapable de tenir sa langue, a déjà tout compromis. Les effets ne se font pas attendre. Dès le lendemain, la pièce d'or n'est plus au rendez-vous.

Le mari est furieux. Il est certain que sa femme a eu la langue trop longue. Il a envie de crier, de la battre. À quoi bon ? Cela ne changerait rien !

— Je suis allé pêcher lorsque j'étais désespéré, se dit-il. Cela ne m'a pas mal réussi. Je vais y retourner.

À nouveau, il lance son fil dans l'eau et à nouveau, la même carpe se fait capturer.

— Ah, ça ! s'écrie-t-il. Encore toi ? Tu y prends goût !

— Eh oui, encore moi. Je me doutais que tu reviendrais. Alors, mécontent, évidemment ?... Je t'avais prévenu aussi, mais quelqu'un n'a pas respecté les règles de la partie.

L'homme subit en silence les remontrances de la carpe. Il la trouve même arrogante d'oser le critiquer, alors qu'elle se trouve à sa merci.

« Elle pourrait me ménager », bougonne-t-il.

La carpe l'entend songer, dirait-on, car elle poursuit, avec patience, comme proposant une autre chance.

— Alors, je t'écoute. Que veux-tu de moi ?

— Te manger ! lui répond l'homme, sans hésiter.

— Me manger ? Réfléchis bien. Tu ne manques pourtant pas de nourriture, avec tout l'or que je t'ai donné.

— C'est tout réfléchi ! insiste le pêcheur. Tu es savante, tu connais des secrets et je veux te manger !

— Bon ! se résigne le poisson. Puisque tu y tiens, mange-moi. Seulement, voici comment tu devras procéder. Si tu m'obéis, tu ne le regretteras pas. Surtout que je ne te le proposerai pas deux fois !

« Fais-moi cuire et coupe-moi en trois. Sers une part à ta chienne, une à ta jument et la dernière à ta femme. Elles deviendront grosses toutes les trois. Ta chienne mettra bas deux chiots, ta jument deux poulains et ta femme accouchera de jumeaux. Tous se ressembleront, comme deux gouttes de mon ruisseau.

« L'un des chiens devra s'appeler Passe-partout, l'autre Brise-fer. Quand le premier recevra un ordre, plus rien ne pourra l'arrêter. Quant au second, inutile de t'expliquer ses qualités.

« Tes fils grandiront et un jour, ils quitteront la maison. Pas en même temps. Au premier qui partira, remets un poulain et le Brise-fer. Quand il sera au loin, le rosier de ton jardin te donnera de ses nouvelles. S'il fleurit, tout va bien. S'il flétrit, ça barde pour lui. Alors, envoie ton second fils à son secours !

La carpe s'interrompt, regarde l'homme qui l'écoute avec attention.

— M'as-tu compris ? lui demande-t-elle.

161

— Oui, oui ! Parfaitement bien compris, répond-il en l'emportant dans ses bras.

*
* *

La carpe a dit la vérité et tout se déroule comme elle l'a annoncé : la femme accouche de jumeaux, la jument met bas deux poulains, la chienne deux chiots, et tous les petits, d'homme ou de bête, se ressemblent comme deux gouttes du ruisseau.

Les années passent. L'or de la carpe est dépensé depuis belle lurette et la pauvreté revient s'installer dans la chaumière.

— Puisque c'est ainsi, je m'en vais, décide un jour l'un des fils. Il n'y a pas d'avenir ici. Je m'en vais par le monde, à la recherche d'un lieu où faire ma place.

Son père, qui entend ses projets, se souvient de la prédiction de la carpe.

« Nous y voilà ! » pense-t-il.

Et à son fils, il dit :

— Prends donc un des poulains et emmène le Brise-fer avec toi !

Le fils remercie, obéit et quitte sa famille.

Son cheval trotte. Trotti, trotta... Il parcourt

du chemin et du chemin. Un jour, il arrive dans la capitale d'un royaume. Drôle de ville ! Tous les gens pleurent. Même les maisons portent le deuil et le ciel, couleur d'encre, écrase le pays.

— Que se passe-t-il, ici ? demande le garçon au premier homme qu'il rencontre.

— Nous sommes maudits ! Nous allons perdre la fille du roi.

— Comment ça ? Explique-toi !

— Le royaume est la proie d'un dragon. Une horrible bête à sept têtes. Chaque année, elle réclame une fille à marier pour son goûter d'anniversaire. Le sort, cette fois-ci, a désigné la princesse.

— Et personne ne s'est proposé pour empêcher cette monstruosité ?

— Personne ! Nos jeunes gens sont trop bien nourris, aujourd'hui. Ils ne manquent plus de rien et aucun ne veut risquer sa vie. Le roi a même offert sa fille en mariage à qui nous débarrasserait de la bête. Mais cette récompense n'a pas suffi !

— Si vos garçons sont rassasiés, j'ai faim moi, et même un solide appétit ! Où se cache votre dragon ? Je m'en vais lui apprendre qu'on ne mange pas les filles de roi !

— Sors de la ville, indique l'homme, et dirige-toi vers la forêt. C'est là que le monstre a son repaire. Mais presse-toi, car la princesse est en chemin.

Le garçon s'élance au grand galop. Galopi, galopa... Et son chien caracole en avant.

À ce train-là, il a bientôt rattrapé la princesse. Elle est dans la forêt, déjà, toute seule, toute fraîche dans sa parure de lin, immaculée sous son voile retenu par une couronne de roses tressées. La bête l'a sentie. Elle rampe à sa rencontre. Un vent chaud ébouriffe les feuillages et porte une odeur de roussi. C'est son haleine fauve. Le monstre se lèche les babines.

— Mademoiselle ! s'écrie le garçon. Où allez-vous ainsi ?

— Je m'avance vers la mort, monsieur, pour accomplir mon devoir.

— Alors, nous l'accomplirons ensemble. Montez en croupe !

La princesse hésite. Elle ne veut pas exposer la vie d'un inconnu et elle s'efforce de le décourager.

— Monsieur, vous n'êtes même pas chevalier. Vous n'avez aucune chance. Vous ne portez même pas l'épée.

— J'ai beaucoup mieux ! Montez, s'il vous plaît, insiste-t-il en l'aidant à grimper.

Ils repartent. La bête, embusquée dans la futaie, les voit arriver.

— Une fille, un garçon, un cheval, un chien... énumère-t-elle. Ce n'est plus un goûter, c'est un festin !

Elle se découvre soudain et se plante au milieu du chemin. Son ventre énorme se perd dans la pénombre du bois. Sept gueules cornues se balancent en cadence, emmanchées de sept cous. Le monstre savoure son plaisir à l'avance et calcule de quelle manière attaquer, pour mieux le savourer.

Mais le garçon la prend au dépourvu.

— Dragon, ta dernière heure est venue ! tonne-t-il en sautant à terre.

Les têtes se regardent en tournicotant et rient, puis s'apprêtent à frapper pour engloutir cet avorton. Sûres de leur supériorité, elles ont trop tardé. Le garçon a déjà lancé un ordre.

— Brise-fer, à toi de faire !

Le chien s'élance, gueule ouverte et mord. À chaque coup de dents, une tête dégringole. Ploc ! Ploc ! Ploc ! À la sixième, la bête qui sait compter demande grâce.

— Une trêve, par pitié !

Le garçon commet l'erreur de s'attendrir. Il rappelle son chien et aussitôt, les six têtes se

recollent sur les cous et se hérissent pour attaquer.

— Ah ! tu ne m'auras pas deux fois !
s'emporte le garçon. Brise-fer, à toi de faire ! Et
pas de quartier !

Les six têtes roulent à nouveau dans la poussière et le garçon, qui a sorti son couteau, se
débarrasse de la septième.

— Et voilà le travail ! Non, mais !

Cependant, il n'a pas dit son dernier mot.
Méfiant, sa petite arme au poing, il ouvre les
gueules inertes, tranche les langues les unes après
les autres, les enveloppe dans son mouchoir et
les range dans sa musette.

— Vous ne risquez plus rien, maintenant,
demoiselle. Vous êtes libre. Rentrez dans votre
château, le cœur en paix.

— Le cœur en paix ! s'exclame la fille de roi.
Certainement pas. Mon père m'a promise à celui
qui me sauverait. Tant que nous ne serons pas
mariés, je n'aurai pas le cœur en paix. Accom-
pagnez-moi !

Le garçon hésite, embarrassé, puis se décide à
avouer :

— Ce n'est pas que je ne veux pas vous aimer,
bien au contraire, mais j'ai quitté mon père et
ma mère pour explorer le monde, à la recherche

166

de ma place. Je n'ai encore fait que la moitié du chemin et je voudrais continuer à prospecter. Laissez-moi au moins une année.

— C'est entendu, consent la princesse. Je vous attendrai.

Ils se séparent et chacun s'en va de son côté, un peu trop confiant dans la suite des événements.

En effet, des charbonniers habitent la forêt, tout près du repaire de la bête. Ils sont sept. Tous Basques. Sauvages et peu recommandables. Le lendemain du meurtre du monstre, ils tombent sur son cadavre décapité, en se rendant à leur meule[1].

— Frères, c'est une aubaine ! s'exclame leur chef. Portons les têtes au roi et attribuons-nous l'exploit.

— Oui, mais, objecte l'un d'eux, la récompense, qui la touchera ?

Ils décident par tirage au sort et le plus jeune, qui est aussi le plus crasseux, est désigné. Après quoi, ils se rendent au château.

---

1. Tas de rondins recouvert de végétaux qui, en se consumant lentement, se transformait en charbon de bois.

— Sire, nous avons massacré la bête qui désolait votre royaume ! raconte le plus âgé des men-
teurs. Voici ses morceaux ! Et voici celui qui a
porté les coups les plus beaux !

La veille, en rentrant, la princesse n'avait pas
rapporté la preuve que la bête était morte. Le
roi était heureux de la revoir vivante, mais il
craignait qu'elle n'ait fui devant son supplice.
Maintenant, il est soulagé et il l'envoie chercher.

— Ma fille, lui ordonne-t-il quand elle arrive,
embrasse ton sauveur, car tu vas l'épouser !

— Mon sauveur ? Quel sauveur ? proteste la
demoiselle. Eux ? Je ne les ai jamais vus ! Ce
sont des imposteurs, père, qui veulent vous abu-
ser. Mon sauveur était seul et beau. Il montait
un poulain et possédait un chien. Ceux-là sont
sept et laids comme des corbeaux !

Les charbonniers s'indignent, font du grabuge,
traitent la princesse de menteuse, racontent leur
version de la bataille et la nourrissent de détails
si pittoresques que le roi finit par leur donner
raison. Il s'apprête même à fixer le jour de la
noce pour montrer qu'il respecte sa parole, lorsque sa fille l'interrompt.

— C'est bon, père ! J'obéis, je me marie !
Mais, s'il vous plaît, laissez-moi le temps de

m'habituer. Dans un an, je vous promets d'épouser le charbonnier.

Devant sa docilité, le roi accepte. Les Basques aussi. Bien obligés !

Les mois passent. Le garçon, sur son poulain, continue de courir le monde avec son chien, lorsqu'un jour, il entend dire qu'une certaine fille de roi s'apprête à épouser le courageux qui l'a sauvée d'une bête.

— Mais il s'agit de ma princesse ! s'écrie-t-il. Et de ma bête ! J'ai encore les langues avec moi. Je ne me laisserai pas souffler ma fiancée ! Ah, ça !

Vite, il rentre à la maison, car il veut absolument annoncer son mariage à ses parents.

— Cela ne nous étonne pas, lui dit son père, en lui montrant le rosier du jardin. On savait que tout allait bien pour toi, car tu vois, cette rose est restée fleurie depuis que tu es parti.

Le garçon ne s'attarde pas. Il salue père, mère et jumeau, laisse à la chaumière le chien Brise-fer, fatigué de trottiner, puis repart au triple galop en emmenant l'autre, le Passe-partout. Triple-galopant, triple-galopin...

Lorsqu'il arrive au château, la noce est commencée et les invités s'apprêtent à se mettre les pieds sous la table du banquet.

— Comment faire ? se demande le garçon. Les gardes à la porte ne me laisseront jamais entrer.

Il se tourne vers son chien.

— Vas-y, toi, Passe-partout. Entre dans la salle à manger et rapporte-moi un plat de pâté.

Le chien bondit, se glisse entre les sentinelles, se faufile entre les convives, saisit un plat de pâté et s'en retourne comme il était venu. Pas tout à fait pourtant, car un cri l'arrête soudain.

— Père, regardez ce chien ! C'est celui de mon sauveur !

Passe-partout croit qu'on veut le capturer. Il s'enfuit à toutes jambes et rejoint son maître, suivi par la princesse et la meute des invités, tout excités.

— Toi ! s'exclame la mariée en reconnaissant le garçon. Je savais que tu ne m'abandonnerais pas !

Elle se jette dans ses bras, puis l'entraîne dans la salle, entre les convives qui font la haie.

Les charbonniers se lèvent et toisent le garçon avec arrogance. Lui ne se laisse pas intimider. Il leur lance.

— Alors comme ça, vous avez tué la bête à sept têtes !

— Tu oses en douter ? le nargue le marié, tout gonflé de sa nouvelle importance. Faites-lui montrer les têtes, Majesté !

— Oh, ce ne sont pas les têtes qui m'intéressent. Plutôt les langues ! répond le garçon avec assurance. Vous les avez ?

Inquiétude chez les charbonniers.

— Zut, murmure le chef à ses complices. On n'a pas pensé à regarder !

Trop tard, les têtes arrivent. On ouvre les gueules. Elles sont vides !

— Ne cherchez pas ! ironise le garçon en fouillant dans sa musette. Les voilà !

Il déplie son mouchoir et exhibe les langues devant l'assemblée.

— Une, deux, trois, quatre, cinq, six, sept ! Le compte y est !

— Je vous avais bien dit, père, qu'ils vous trompaient, triomphe la princesse.

Huées, sifflets, coups de bâtons... Les charbonniers n'en mènent pas large. Ils sont rossés et jetés dehors, avec juste raison. Ensuite, comme le banquet est servi et qu'il serait dommage de le gâcher, le roi démarie sa fille, la remarie avec le gars et tout le monde s'attable enfin.

Après le jour des noces, la nuit.

Les amoureux viennent à peine de s'endormir qu'ils sont réveillés par une étrange musique au-dehors.

— Comme c'est beau ! s'émerveille le garçon.

— Ne l'écoute pas ! s'effraie la jeune épouse. Bouche-toi les oreilles. C'est le diable qui passe.

— Le diable ? Allons donc ! répond-il en s'approchant de la fenêtre.

— N'y va pas, je t'en supplie. Sinon, tu ne reviendras pas.

— Ne t'en fais pas. Je suis bien plus malin que le Malin.

Il sort devant le château, voit arriver un luxueux carrosse doré, escorté de musiciens en livrée. En passant à sa hauteur, l'un d'eux lui crie :

— Touche un cheveu de ta tête, jeune marié !

Machinalement il obéit. Pourquoi, mais pourquoi ? Et aussitôt, il est pris. Enfermé dans le carrosse, enchaîné et embarqué dans le manoir du diable.

La gentille épousée n'a plus que ses yeux pour pleurer.

Là-bas, dans la chaumière, l'aube se lève. Le père, comme chaque matin, regarde son rosier. Pour la première fois, la rose est fanée. Son cœur se serre.

— Ton frère est en danger, annonce-t-il à son autre fils. Prends ton poulain et le Brise-fer et vole à son secours.

— Oui, père !

Le jumeau se prépare et s'en va. À la capitale, il se dirige droit vers le château. Il se rend auprès de la princesse, en pleurs et bien désespérée. Elle relève la tête à son approche, le voit...

— Toi ? C'est toi ? Tu as réussi à t'échapper ? Comment as-tu fait ? Quand je te disais de te méfier !... Mais toi, hein, plus malin que le Malin !... Oh, je suis folle de joie, de toi, de nous...

Le jumeau, embarrassé, ne pipe pas. Elle le prend pour son frère et il n'ose pas la détromper. Il lui répond par des « Oh ! », des « Ah ! », des sourires et des mimiques. Elle l'embrasse ; il lui rend ses baisers. C'est tout bon. Elle le caresse et il se met au diapason.

« Bien agréable, songe-t-il, d'être marié à une princesse ! »

Le jour s'écoule dans la liesse. La nuit revient. Le diable aussi avec ses musiciens. Le frère, déjà au lit, n'a jamais entendu un air aussi mélodieux. Il s'exclame :

— Quelle merveille !

— Ah, non ! Ne te laisse pas séduire comme l'autre nuit. Tu as pu t'échapper une fois, la chance ne repassera pas. Le diable se tient sur ses gardes, dorénavant. Ne le tente pas !

Peine perdue. Le jumeau n'écoute rien. Il sort, suivi du Brise-fer, attiré comme un papillon par la lumière. Le carrosse arrive déjà, resplendissant. La musique est éclatante.

— Touche un cheveu de ta tête ! lui crie le même musicien en riant.

Il s'apprête à obéir, machinalement. Pourquoi, mais pourquoi ? Quand il aperçoit son frère, emprisonné derrière les barreaux. Le carrosse est une cage, en vérité. Alors, il comprend tout et rugit :

— Brise-fer, à toi de faire !

Le chien s'élance. Croqui, croqua !... À coups de crocs, il brise le carrosse doré, la cage de fer et d'acier, libère le vainqueur de la bête et met le diable en fuite. Car c'était lui, le musicien.

Bien contents d'être réunis, les deux jumeaux.

— À nous deux, c'est vrai que nous ne formons qu'un ! s'écrient-ils, joyeux.

Ils rentrent rassurer la princesse dans la chambre à coucher. Elle est déjà aux cents coups. Quand elle les voit, bras dessus, bras dessous, pareils, trait pour trait, comme deux gouttes de ruisseau, elle reste un instant ébahie, puis elle demande :

— Lequel est mon mari ?

— C'est lui ! répondent les jumeaux en se désignant mutuellement.

— Alors, je suis servie ! Venez, dormons dans le même lit. Il est bien assez grand.

Le lendemain de cette folle nuitée, le rosier derrière la chaumière, porte deux roses épanouies.

— Tout va maintenant très bien pour mes gars, soupire le père, soulagé.

Tout va très bien pour lui et son épouse aussi, car la princesse veut les connaître et les envoie chercher. Ils quittent donc leur chaumière pour toujours, mais n'oublient pas d'emporter avec eux, le rosier et le noisetier surtout, par où ce conte a commencé.

Reste un mystère, cependant, qui n'a jamais été éclairci. Des deux jumeaux, qui est le vrai mari ? À part eux, nul ne le sait, sauf la princesse peut-être, qui s'en est bien accommodée.

Tant pis !

9

Perle

conte de Chine

Où l'on voit la loi du cœur s'imposer
avec éclat.

Les hommes n'existaient pas. Leur place n'était pas préparée et la Terre elle-même était encore imparfaitement façonnée. Seuls les grands esprits occupaient l'univers et ils vivaient dans l'océan des étoiles.

Dans une grotte, sur la rive est de la Voie Lactée, un dragon blanc avait établi sa demeure. Chaque nuit, il s'y retirait, saisissait sa queue dans sa gueule et s'endormait en formant un cercle si parfait, qu'on ne pouvait en distinguer ni le commencement, ni la fin. Un peu avant l'aube, il quittait son abri et descendait se tremper dans la clarté laiteuse du fleuve. Là, il attendait en scrutant la rive ouest. Un phénix y avait construit son nid. Une femelle, majestueuse. Quand le soleil apparaissait, elle se dressait devant sa face, pour en recueillir toute sa jeune

lumière immaculée. Après quoi, les ailes ample-
ment déployées, elle prenait son envol et partait
saupoudrer l'univers de ces poussières d'or.

Le dragon l'admirait et, nageant dans le courant du fleuve qui encerclait le ciel, il la suivait
dans son périple, en cabriolant pour attirer son
attention. D'en haut, elle le voyait et sa bonne
humeur la réjouissait.

Chaque jour, tous deux accomplissaient ainsi
le tour du firmament.

À force de se côtoyer, ils ne purent bientôt
plus se passer l'un de l'autre. Ils auraient beaucoup aimé se rencontrer, mais quelque chose les
retenait, qui les obligeait à rester à distance, en
laissant croître leur attirance.

Grâce à eux, en effet, un événement se préparait et leur patience était la condition de son
apparition.

Ils continuèrent donc de s'accompagner, pendant une durée qu'aucune mémoire humaine ne
peut concevoir, avec assiduité, sans jamais chercher à précipiter un tête-à-tête. Tendus par
l'attente, ils étaient sûrs d'être récompensés un
jour de leur persévérance.

Ce jour était imprévisible, cependant il advint.

Alors qu'ils naviguaient, l'un dans le fleuve,
l'autre dans l'espace, une île apparut soudain au

milieu de la Voie Lactée. Une île inconnue, sur-
gie de la mer du hasard. Le dragon blanc y
aborda à l'instant précis où la phénix s'y posait.
Un être les attendait au centre de l'île.

C'était... comment dire ?... Un œuf ? Une
pierre ?... Ni l'un, ni l'autre, mais l'un et l'autre
à la fois. De la pierre, il avait la froideur com-
pacte, la dureté. De l'œuf, il avait la chaleur
vivante, la promesse, l'espoir d'un éblouisse-
ment.

Ils s'en approchèrent avec retenue, avec respect, conscients que l'être qui s'y trouvait était
encore inachevé et réclamait toute leur patience,
tout leur amour.

C'est ainsi qu'ils se mirent à l'ouvrage.

Ils travaillèrent en commun, pendant une
durée que, là non plus, aucune mémoire
humaine ne peut imaginer, dans une solitude
totale, avec un dévouement absolu, certains
qu'un chef-d'œuvre allait naître de leurs efforts.

Le dragon rampait sur l'œuf, passant et repas-
sant, le polissant de son ventre pour l'attendrir,
usant la moindre aspérité pour lui offrir un éclat,
un velouté. La phénix le picorait de son bec, par
petites touches qui étaient autant de baisers, ins-
tillant son amour de mère, afin qu'une fois
achevé, il en reflète la profondeur.

Le matin, elle s'absentait pour recueillir de chaque étoile, à son réveil, sa première larme de rosée, puis elle revenait sur l'île, enduire l'œuf de cette transparence. Le dragon quittait le nid à son tour et partait prélever un peu d'écume de Voie Lactée, avec laquelle il lubrifiait son lent polissage.

Après des siècles d'application, la phénix et le dragon sentirent qu'ils touchaient au but. L'être qui s'était longtemps apprêté s'éveillait. La sphère, parfaitement lisse, vibrait. Une lumière intense pulsait de l'intérieur, comme une source.

Soudain, la carapace qu'ils avaient tant façonnée vola en éclats, dans un jaillissement de reflets et, au centre, apparut, entouré d'un bouquet de scintillements, leur fabuleux enfant : la première perle du monde...

Les deux parents poussèrent un cri de surprise. Ils s'étaient obstinés, sans chercher à savoir où leurs efforts les conduisaient, stimulés par la seule nécessité commune de créer. Le résultat donnait le vertige. La perle était vivante et son rayonnement produisait la vie.

L'île de sa naissance en fut immédiatement métamorphosée. Des collines apparurent, des montagnes couvertes de fleurs, de bois, de prairies traversées par des ruisseaux... La perle avait assimilé l'interminable besogne de la phénix et du dragon, et sa splendeur, féconde, organisait en monde tout ce qu'elle illuminait.

Les parents restèrent pendant des jours en contemplation, jusqu'à ce que la fatigue, peu à peu, brise leur résistance. Après un si intense labeur, il leur fallait absolument se reposer. Mais leur enfant, leur trésor, à qui allaient-ils le confier ? Personne n'en était digne et, comme ils ne pouvaient se résoudre à la laisser seule, ils l'emmenèrent avec eux, dans la grotte du dragon, où ils avaient décidé de se retirer. Nul n'avait jamais osé s'approcher de ce lieu. Ils y seraient en sécurité.

Rassurés, ils sombrèrent dans un profond sommeil.

Perle les regarda. Elle venait juste de quitter la nuit et elle n'avait pas envie de dormir. Elle venait juste de se libérer de l'immobilité et, plus que tout, elle désirait luire, vivre.

Elle roula doucement jusqu'au bord de l'antre et contempla l'univers. Il était magnifique, constellé de lumières, bruissant de conversations, de rires. Elle voulut y apporter son rayonnement, contribuer à sa splendeur. Alors, elle s'offrit, prodigue, flamboyante et lâcha une immense gerbe d'étincelles qui se propagèrent dans toutes les directions.

Au même instant, la Dame d'Occident, sur une des terrasses de son palais à neuf étages, considérait l'étendue de son vaste domaine. Elle vit ce feu nouveau qui embrasait le ciel. Elle en fut éblouie.

— Comment ! s'exclama-t-elle. Une merveille vient de naître dans mon royaume et on ne m'a pas informée ? Je veux la connaître. Qu'on aille me la chercher !

Ses meilleurs soldats partirent aussitôt. Sans peine, ils trouvèrent Perle au bord de la grotte où elle continuait de briller. Ils la saisirent et l'emportèrent, sans même apercevoir la phénix et le dragon qui dormaient paisiblement.

Pourquoi sans lui parler ? Pourquoi si brutalement ?

Perle sentit un éclair déchirer son cœur. Mais que pouvait-elle faire ? Résister aux soldats de la reine, elle qui ne savait que répandre sa lumière ?... Elle attendit que son voyage se termine, sans cesser d'illuminer, sans cesser d'embellir les lieux qu'elle traversait.

Lorsqu'elle atteignit le palais, l'austère bâtisse fut aussitôt égayée par sa présence. Les murs chantèrent, les toits s'ornèrent de fleurs.

Le chef des gardes avait reçu consigne de se rendre, dès son retour, dans les appartements privés de sa maîtresse. Il obéit et déposa Perle sur une table de laque, devant la reine. Celle-ci ne put dissimuler son émotion.

— Exceptionnelle... murmura-t-elle. Vraiment exceptionnelle...

Longuement, elle contempla l'étrange beauté de Perle. Aucun être, dans l'univers, ne conjuguait comme elle, la délicatesse et la force, la discrétion et la volonté, la candeur et la sagesse. Toutes ses qualités se fondaient dans son éclat unique. Elle éblouissait sans blesser le regard. La reine était troublée.

— Je ne peux pas te laisser ainsi, exposée aux regards de tous, enviée, désirée... murmura-t-elle. Non ! Je veux être la seule à pouvoir t'admirer, t'aimer... Tu es à moi !

Elle la prit brusquement et l'emporta dans la salle du Trésor. Là, elle l'enferma dans un coffre, protégé par neuf portes verrouillées, dont les neuf clés ne la quittaient jamais.

Chaque jour, la Dame d'Occident venait admirer sa merveille. Chaque jour, elle s'enivrait de sa beauté, puis elle la replaçait dans son écrin et la quittait jusqu'au lendemain.

Perle, si généreuse, languissait d'ennui. Elle se

retenait de luire, alors qu'elle avait tant à donner. Elle pensait à ceux qui lui avaient permis de naître.

— Sortiront-ils un jour de leur sommeil ? se demandait-elle. Viendront-ils me libérer une seconde fois ?

Ils étaient réveillés déjà, depuis longtemps, mais Perle ne le savait pas. Lorsqu'ils avaient découvert la disparition de leur enfant, leur désespoir avait fait vaciller les étoiles. Lui, avait poussé d'horribles imprécations. Elle, s'était laissée consumer par le feu de sa douleur. Mais les phénix se relèvent toujours de leurs cendres. Elle était morte de chagrin, pour renaître aussitôt dans la souffrance et se détruire à nouveau, dans un cycle sans fin.

— Nous n'aurions jamais dû la laisser seule ! pleurait-elle. L'un de nous aurait dû rester éveillé pendant que l'autre se reposait.

— C'est moi le seul fautif, s'accusait Dragon blanc. Je croyais ma grotte inaccessible. Je me croyais redoutable au point de repousser les importuns, même en dormant !

S'accabler de reproches ne ramènerait pas leur enfant disparu. Ils firent un effort pour se calmer et partirent aussitôt à sa recherche. Quand ils commencèrent à s'apaiser, ils se mirent en quête de leur enfant disparu. Ils écumèrent le ciel jusqu'aux galaxies les plus reculées. Pas un secteur de l'univers n'échappa à leurs fouilles. Ils espéraient user leur peine en épuisant leurs forces et leur exploration se prolongea pendant une durée que l'esprit humain ne peut envisager.

Un jour, enfin, ils furent récompensés.

Ce jour-là, la Dame d'Occident fêtait son jubilé. Tous les Immortels étaient présents, car à cette occasion, elle offrait un festin de fruits d'éternité : jujubes, graines de lotus et des pêches - une rareté - qui exigeaient un siècle de maturité. Tout le monde voulait y goûter !

Au plus chaud de la fête, la reine, flattée, complimentée, fut prise d'un accès de générosité.

— Chers amis, annonça-t-elle à ses invités, je vais vous offrir le privilège de contempler une merveille. Veuillez m'accompagner.

Elle s'était transportée, avec sa cour, dans la salle du Trésor. Elle déverrouilla les neuf portes que personne ne franchissait jamais et ouvrit l'écrin de sa splendeur emprisonnée.

Alors, Perle laissa jaillir avec force, toute la lumière qu'elle gardait incarcérée en elle, depuis si longtemps. Elle libéra un embrasement plus violent que mille incendies. Ses feux traversèrent les murailles de sa prison, les remparts du palais, inondèrent le ciel avec une telle puissance que les Immortels, éberlués, crurent assister à la naissance d'une étoile.

Phénix et Dragon qui erraient toujours de galaxie en galaxie reconnurent aussitôt cette explosion.

— C'est elle ! hurlèrent-ils à l'unisson. C'est la petite ! Elle nous appelle !

Ils se précipitèrent vers l'horizon enflammé et ne tardèrent pas à reconnaître les lieux.

— Le palais royal ! s'écria la phénix.

Elle commençait à comprendre. Dragon blanc aussi. La colère montait en eux, la rage.

— C'est la reine qui nous l'a prise !

Dragon blanc poussa un rugissement tonitruant. Tout le palais l'entendit. Les Immortels et la souveraine étaient justement remontés de la salle du Trésor pour admirer Perle plus à leur aise, sur la plus haute des terrasses, en plein ciel.

Les nouveaux arrivés se posèrent en plein milieu des invités, sans se préoccuper de ceux qu'ils bousculaient. La reine se pavanait parmi ses gens, tenant un plateau d'or ciselé, sur lequel Perle était exhibée.

— Où l'avez-vous trouvée, Majesté ? l'interpella Dragon blanc, sans égard pour son rang.

— Elle m'appartient, répondit la Dame d'Occident sur la défensive. Comme tout ce qui respire dans mon royaume.

— Elle n'appartient qu'à elle, poursuivit Dragon blanc en saisissant un bord du plateau. Vous n'avez aucun droit sur la beauté.

La cour était consternée. Jamais personne n'avait ainsi osé prendre la reine à partie. Mais le dragon et sa compagne s'en moquaient. Ils tiraient de toutes leurs forces sur le plateau. La Dame aussi s'agrippait et Perle roulait dangereusement d'un bord à l'autre, risquait la chute à chaque instant.

— Je suis la maîtresse de tout l'Occident !

— Et nous ses parents ! Vous êtes incapable de l'aimer !

Hélas, une secousse un peu plus violente fit basculer celle que l'on se disputait. Perle tomba sur la terrasse, rebondit, roula vers les escaliers qu'elle dévala, puis emportée par l'élan, franchit le rempart qui ceinturait le palais et chavira dans le vide.

— Non ! hurlèrent d'une même voix phénix et dragon.

Ils se précipitèrent vers la muraille et, à leur

tour, sans la moindre hésitation, plongèrent derrière leur Perle qui dégringolait vers la Terre.

Ils la rejoignirent, mais elle était si brûlante qu'il leur était impossible de la saisir. Alors, ils essayèrent de la freiner en la faisant rebondir de l'un vers l'autre. Peine perdue ! À mesure qu'ils tombaient, leur vitesse s'accélérait et le sol se rapprochait à une allure vertigineuse.

Tout espoir de salut était vain ! Alors, pour oublier la mort qui les attendait, ils se remémorèrent le plus beau jour de leur vie : la naissance de Perle. Le moment précis où l'œuf de pierre avait volé en éclats, quand elle était apparue, éblouissante, auréolée de scintillements, buissonnante de fraîcheur... Phénix et Dragon était tellement surpris que l'émotion leur avait arraché un cri.

Hier, cri de bonheur. Aujourd'hui, cri de stupeur. Un cri, puis le silence...

Ils s'écrasèrent ensemble, tous les trois, dans une gigantesque marée de lumière.

Mais leur temps n'était pas achevé. Ils s'étaient juste métamorphosés...

En effet, à l'endroit où Perle a touché le sol, s'étend maintenant un lac d'argent. Ses eaux sont transparentes et profondes. Les jours de grande clarté, on peut apercevoir le cœur immense de la Terre et, au-delà, des ciels inconnus, des palais élevés au milieu des étoiles...

Sur la rive est du lac, une montagne majestueuse et redoutable. Sur la rive ouest, une colline verdoyante, rafraîchie par des ruisseaux d'écume.

Lac d'Occident, mont du Dragon, colline de la Phénix... C'est ainsi que, bien après ces événements, ils ont été nommés par les hommes. La fille et ses parents vigilants.

Ils sont toujours vivants.

10

L'effrayeur de dragons

conte de Chine

Où l'on voit qu'à exprimer sans relâche sa vérité profonde, on finit par découvrir qui l'on est.

Elle vivait seule, dans la province du Hunan, en Chine. Comme sa mère le lui avait appris et sa grand-mère avant elle, elle tressait des paniers et les vendait. Mal hélas, très mal. Car, si elle travaillait à la perfection, elle ne connaissait rien au négoce. Aussi, gagnait-elle tout juste de quoi ne pas mourir de faim. Pourtant, un colporteur qui était passé jadis dans son village, lui avait lancé en la voyant :

— Tresse, jeune fille, tresse. Tes paniers feront ta richesse.

Prédiction de charlatan pour faire briller ses yeux d'enfant ! La petite avait rêvé quelque temps et, comme la richesse s'évertuait à ignorer la cabane de sa mère, elle avait oublié ces paroles.

Aujourd'hui, après bien des années, rien n'avait changé et tout le monde l'appelait « la pauvre Kiou ». Elle inspirait la pitié. On la plaignait surtout d'être seule.

— Qui allumera pour elle l'encens du souvenir, lorsqu'elle aura quitté ce monde ? déploraient certains. Qui empêchera son âme d'errer ?

À quoi quelques uns répondaient – il y a toujours des cœurs froids :

— Seule elle a vécu, seule elle mourra. Ce qu'on sème durant sa vie, on le récolte dans sa mort !

La richesse, toutefois, ne nous montre pas toujours le visage que l'on attend.

Un matin, Kiou était partie à la rivière renouveler sa provision de roseaux. Elle était en train de travailler, les pieds dans l'eau, lorsqu'elle découvrit, au milieu d'une touffe de lotus, un bébé à peine emmailloté, couché dans un berceau d'osier.

— Quelqu'un a oublié son enfant ! s'écriat-elle avec effroi.

Elle tira la nacelle au sec sur la berge et appela de toutes ses forces.

— Ohé ! Quelqu'un m'entend ? Ohé ! Ton nourrisson est ici, petite maman !

Aucune réponse. À peine le souffle du vent et l'envol d'un martin-pêcheur dérangé par les cris.

— Alors, c'est un enfant perdu, se dit Kiou.

Sa mère l'aura confié à la rivière parce qu'elle n'en pouvait plus.

Elle le prit dans ses bras.

— Viens, mon petit, lui dit-elle, attendrie. Je ne suis plus jeune, mais je saurai t'aimer.

L'enfant lui répondit en babillant, comme s'il avait compris.

— Tu es fort, poursuivit-elle en souriant. Tout potelé et rondelet. Je t'appellerai Tsou.

L'enfant agita les jambes et les bras, en recevant son nom. Il paraissait content.

Kiou le reposa dans son berceau et continua sa cueillette, en déplaçant le bébé à mesure qu'elle avançait. Lorsqu'elle eut terminé, elle rentra avec deux belles récoltes sous les bras.

« J'avais déjà du mal à vivre lorsque j'étais seule, songeait-elle en marchant. Ce sera pire avec une bouche de plus à nourrir. Mais les dieux savent ce qu'ils font en m'envoyant cet enfant. S'ils avaient voulu le confier à une autre, je ne l'aurais jamais trouvé. »

La plupart des habitants du village se réjouirent pour elle, en apprenant la nouvelle. À part quelques uns, toujours les mêmes, qui refusèrent de s'attendrir.

— Il est drôlement charpenté pour un nouveau-né ! faisaient-ils remarquer. C'est étrange...

On ne sait rien du père, ni de la mère. Qui sait d'où il vient ?...

Les méchants n'ont pas toujours tort. Seulement, ils osent parler, quand les autres se taisent.

Leurs doutes étaient fondés. Tsou, comparé aux autres enfants, était effectivement très développé pour son âge. Sauf qu'il n'était pas un petit d'homme, mais un petit de... dragon ! Du roi des dragons. Son dix millième rejeton, précisément !

Mais que faisait-il dans un berceau au bord de la rivière ?

Tout était la faute de sa nourrice. Elle adorait nager en plein air et elle avait profité d'une occasion pour prendre du bon temps, en s'éclipsant avec l'enfant. Elle l'avait transformé en humain, pour qu'il passe inaperçu, mais elle maîtrisait mal les proportions. Puis elle l'avait dissimulé dans les lotus et elle était partie batifoler dans le courant. Quelle n'avait pas dû être son angoisse en constatant sa disparition ? Tant pis pour elle ! Elle n'avait qu'à prendre plus de précautions !

Tsou, en tout cas, était entre les meilleures mains qui soient.

Il grandit, se développa harmonieusement, éduqué par sa nouvelle maman. Il ne portait pas de luxueux vêtements : une tunique et un pantalon, pour tous les jours, quelle que soit la saison. Il ne mangeait pas de nourriture raffinée : du riz uniquement et parfois du poisson. Cela ne l'empêchait pas d'être joyeux, obéissant et serviable. Kiou était transfigurée par la présence de cet enfant. Elle avait rajeuni et ne vivait plus courbée par la misère.

Cependant, l'écart entre son fils et les autres enfants ne s'atténuait pas avec le temps. Au contraire, Tsou était toujours plus grand, plus fort, plus résistant. Réellement différent !

Les insinuations des mauvaises langues ne faiblissaient pas non plus. Les gamins s'en mêlaient, répétaient ce qu'ils entendaient à la maison.

— Tu n'as qu'à leur dire que ce n'est pas toi qui es grand, mais eux qui sont minuscules, conseillait Kiou quand elle voyait son Tsou désemparé.

Piètre argument. Tsou avait beau se rebiffer, il n'impressionnait pas les médisants. Un grand feu s'allumait alors en lui, impatient de jaillir. Tsou le contenait avec peine. Il lui brûlait le ventre, la bouche...

— Qu'est-ce que c'est, maître ? demanda-t-il au bonze Iu-Tsang. Je ne comprends pas ce qui m'arrive. Est-ce que je suis normal ?

— Tout ce qu'il y a de plus normal, hélas ! soupira celui-ci. C'est la colère. Le signe du fou.

Car le fou se met en colère quand le sage sourit.
À qui désires-tu ressembler, Tsou ? Choisis.

— Au sage, bien sûr. Je ne veux pas être fou,
maître.

— Alors, apprends que la sagesse est un
royaume et que pour y régner, il faut le conquérir. Chaque jour te fournit des occasions de
mener la bataille. Ne les refuse pas. Accepte-les,
relève leur défi et mange-les comme des frian-
dises.

— Bien, maître ! répondit Tsou qui écoutait
la leçon. Je vais m'y efforcer.

*
* *

Kiou ne laissait rien paraître, mais elle était
soucieuse. Plus que tous, elle s'interrogeait sur
l'origine de son enfant. Elle commençait même
à avoir une idée de la réponse et cela ne la ras-
surait guère.

Tsou, en effet, ne lui cachait rien. Pas même
ses rêves. Il lui confia ainsi que, souvent, dans
son sommeil, il était un dragon et qu'il habitait
un palais de nacre, sous la mer. Le rêve ne se
dissipait pas toujours au réveil et il gardait

l'impression, au cours de la journée, qu'une longue queue le suivait, vert jade irisée de bleu.

— Reprends-toi, allons, répondait Kiou sévèrement. Ne laisse pas ton esprit s'embrouiller. Les rêves sont des fumées. Disperse-les, en faisant luire ta volonté.

Si le fils était rassuré, la mère n'était pas dupe. Ses doutes se confirmaient, car elle prenait les rêves très au sérieux.

Pour autant, rien de fâcheux ne vint bouleverser leur vie, pendant bien longtemps, jusqu'à ce premier événement. Tsou avait alors dix ans.

C'était un jour de chaleur lourde, orageux. Un buffle qui pâturait fut piqué par un taon et, fou furieux, se mit à galoper comme un démon à travers les rizières, en dévastant les plantations. Personne n'était capable de le maîtriser et tous fuyaient, épouvantés et désespérés des dégâts qu'il commettait. Mais que faire devant cette force de la nature ? Et surtout que dire ? La bête, en effet, appartenait au seigneur de la région.

Témoin de la scène, Tsou l'observa sans céder à la panique. Il cueillit une branche de mûrier, s'approcha de l'animal et le calma de sa voix sûre :

— Buffle, tu as eu peur et je sais pourquoi. Fais-moi confiance. Je vais arranger ça.

Il leva son rameau, l'asséna d'un coup précis sur le taon et le tua net.

— Voilà, Buffle ! Retourne paître tranquillement. Et ne laisse plus la peur te dominer.

L'animal secoua la tête en guise de remerciement et s'en alla.

Ceux qui avaient vu avec quelle facilité Tsou avait dompté le fauve n'en revenaient pas. Ils racontèrent l'épisode avec admiration et la nouvelle parvint aux oreilles du seigneur qui fit venir le héros.

— Alors, c'est toi qui sais te faire obéir des animaux ? lui dit-il. À compter d'aujourd'hui, tu seras mon bouvier et tu garderas mon troupeau.

L'ordinaire de Tsou et de sa mère s'améliora alors un peu.

L'orage qui énervait mouches et taons n'avait pas éclaté. Chacun l'espérait pourtant, car il n'avait pas plu depuis des mois. La terre se désolait. Les cultures s'étiolaient. Plus l'année avançait, plus la sécheresse gagnait. Partout, on maudissait les dragons qui avaient failli à leur mission. Chaque printemps, en effet, ils s'envolaient au ciel pour être chevauchés par les dieux, provoquant ainsi le retour de la pluie. Mais cette année, ils avaient préféré flemmarder dans les rivières, sans se soucier des conséquences de leur paresse.

Un après-midi, alors que son bétail glanait sa maigre pitance d'herbe jaunie, Tsou, adossé à un arbre, s'endormit. Il n'avait pas fermé l'œil qu'il commença à rêver. Et quel rêve ! Il était un dragon. Un bon dragon bienfaisant qui survolait la région en l'arrosant. Les hommes l'applaudissaient, riaient en se laissant tremper et lui aussi s'éclaboussait en chantant sous la pluie... Sa joie était si forte qu'elle le réveilla. Malheureusement, s'il était bien toujours adossé à son arbre, il ne pleuvait pas. Pas une goutte !

— J'ai rêvé ! s'exclama-t-il, dépité.

Un détail, pourtant, attira son attention. Lorsqu'il s'était endormi, le ciel était clair. Maintenant, il était totalement couvert et les nuages avaient commencé à se disperser, dès qu'ils l'avaient vu ouvrir les yeux, comme s'ils le redoutaient. Tsou d'un bond se dressa.

— Hé ! Là-haut... Où allez-vous ? leur cria-t-il. Ne vous enfuyez pas !

Les nuages, aussitôt, s'immobilisèrent.

— Allons, ne restez pas à ne rien faire ! poursuivit-il, mécontent. Envoyez la pluie !

Alors, le ciel, impressionné par l'autorité de

Tsou, obéit et les averses qu'il retenait depuis des mois s'abattirent sur la Terre.

— Pas si fort, voyons ! grogna Tsou. Tout va être saccagé !

La pluie ralentit et Tsou prit conscience qu'il commandait vraiment aux nuages.

— Ça alors ! s'etonna-t-il, sidéré. C'est incroyable !

Il voulut en avoir le cœur net et s'assurer qu'il n'était pas, une fois de plus, victime de ses rêves. Il multiplia les ordres.

— Ouvrez les vannes en grand !... Stop !... Maintenant, juste une ondée !... Suffit !... Et pour finir, une petite bruine jusqu'à minuit !...

Le ciel voyait bien qu'il avait affaire à un dragon. C'est pourquoi il obtempérait scrupuleusement à chacune de ses injonctions. Tsou l'ignorait.

— Je suis le général des nuages ! s'écria-t-il. Je fais tomber la pluie. Hourrah !

Il courut au village annoncer la nouvelle et trouva les habitants réunis sur la place, comme dans son rêve, en train de danser sous la pluie et d'applaudir.

— C'est moi ! leur cria-t-il. J'ai rêvé qu'il pleuvait... et regardez le résultat ! Nous n'avons plus à craindre la sécheresse.

Les rires fusèrent de tous côtés et les moqueries.

— C'est le buffle qui t'a mis la tête à l'envers, Tsou !

— Tremblez devant Tsou, la terreur du ciel !

Tsou n'insista pas. Penaud, il rentra chez lui et confia à Kiou ce qui lui était arrivé. Il lui demanda son avis :

— Me crois-tu, mère ? Où vas-tu, comme les autres, me traiter de menteur ?

— Je te crois, Tsou, comme je t'ai toujours cru. Ne t'inquiète pas. Mais je ne sais pas comment t'expliquer ce mystère, déclara Kiou avec prudence. Les enfants accomplissent parfois des prouesses, comme s'ils conservaient en eux des restes d'une autre existence... Les adultes ont souvent du mal à comprendre ces enfants-là, et s'ils se moquent, c'est pour se rassurer. Ils ont peur d'eux, en vérité.

Tsou écouta sa mère. Il suffisait qu'elle parle pour qu'il soit apaisé. Il réfléchissait.

— Je sais ce que je sais ! murmura-t-il avec force. Je ne suis pas moins sûr si les autres ne me croient pas. Les persuader ne sert qu'à me donner de l'importance. Cela n'ajoute rien à ma conviction.

Kiou ne répondit rien, mais son cœur souriait.

Après la pluie nouvelle, le travail qui ne manquait pas appela chacun dans les champs. Semaines, mois, saisons s'en allèrent.

Un matin, Kiou, souffrante, ne put se rendre à la rivière pour cueillir ses roseaux. Elle était contrariée.

— La belle affaire ! lui dit Tsou. J'y vais. J'ai juste le temps de faire l'aller retour, avant de prendre mon service chez le seigneur.

La rivière, Kiou s'en méfiait. Elle avait toujours refusé que Tsou accomplisse la cueillette à sa place. Elle redoutait la mère naturelle de Tsou. Qu'elle surgisse des flots, soudain, et lui reprenne son enfant...

— Oui, mais sois prudent, le supplia-t-elle. Méfie-toi du dragon qui navigue dans le courant... Il n'a pas l'habitude de toi. Il pourrait...

— Ne t'inquiète pas, je ferai attention. Je ne commettrai rien qui lui déplaise. Et s'il se montre, je le saluerai comme on doit saluer un dragon, en m'inclinant avec respect.

Kiou n'avait guère le choix. Elle accepta.

Tsou eut vite fait de récolter une belle provision de roseaux. Quand il eut terminé, il s'assit sur la berge et contempla le soleil du matin qui se reflétait dans l'eau. Une conversation l'attira. Elle provenait d'une touffe de lotus.

— Oh misère ! disait une petite voix. S'il nous aperçoit, ce dragon vert, notre peau ne vaudra pas cher.

— Ne nous attardons pas ! Filons d'ici !

Et au même instant, une salve de grenouilles jaillit de la végétation pour disparaître sous l'eau, dans une rafale de petits ploufs !

— Tiens, des grenouilles ! remarqua Tsou. Mais... un dragon vert ?... Où ont-elles vu un dragon vert ?

Le maître de la rivière, qui patrouillait dans les parages, fit alors surface jusqu'à mi-museau et, découvrant Tsou assis sur la berge, il resta figé sur place.

— Ah, le voici ! supposa Tsou en l'apercevant à son tour. Elles l'ont entendu arriver avant moi.

Il s'empressa de se lever pour saluer l'animal, comme il l'avait promis à sa mère.

— Honorable dragon ! fit-il en s'inclinant poliment. Je suis le fils de...

— Plus un mot... répondit l'animal en tremblant. Je... je sais qui... qui tu es !

Et il disparut aussi soudainement qu'il était apparu.

« Qu'est-ce qu'il lui arrive ? se demanda Tsou, interloqué. On dirait qu'il a eu peur de moi ! »

Il s'examina avec attention, des pieds à la tête, et se mira dans la rivière, sans rien constater d'anormal. Il était bien Tsou, le fils de la vieille Kiou.

« Qu'ai-je de si particulier ? songea-t-il. Je ne sais pas ce qu'il a vu ! »

Sans s'attarder davantage, il ramassa sa brassée de roseaux et rentra chez sa mère.

— Tu sembles bien préoccupé ? lui lança un homme, alors qu'il atteignait le village.

— On le serait à moins ! répondit Tsou dans ses pensées. Je viens de mettre en fuite le dragon de la rivière !

L'homme s'esclaffa. En peu de temps, la nouvelle fit le tour du village, puis du village voisin et bientôt de toute la province.

— Vous ne savez pas la dernière ?

— Non !

— Tsou prétend qu'il a fait peur à un dragon !

— Ah, c'est la meilleure ! Après Tsou la terreur du ciel, voici Tsou l'effrayeur de dragon !

— Effrayeur de dragon ? Il exagère !

Une fois de plus, sa franchise se retournait contre lui.

Kiou fut soulagée de le voir rentrer. Mais elle vit son air renfrogné.

— Qu'est-ce qui ne va pas, Tsou ? lui demanda-t-elle.

— C'est les autres, mère ! J'en ai assez. Ils recommencent à se moquer.

— Quels autres ? Pour quelle raison ?

Tsou raconta en détail sa rencontre avec le dragon.

Kiou l'écouta, plus inquiète que jamais. Ce récit confirmait ses suppositions. Son garçon était bien un dragon, fils de dragon. D'un noble certainement, pour que le seigneur de la rivière le reconnaisse et prenne la fuite en bégayant.

Elle dissimula son trouble pour ne pas ajouter son angoisse au désarroi de son enfant. Elle lui dit simplement :

— Quand les imbéciles jasent comme les geais, imagine que tu entends les rossignols chanter. Sois patient, mon petit. N'oublie pas que la roue de nos vies ne cesse de tourner. Aujourd'hui n'est pas demain. Un jour, j'en suis sûre, les railleurs viendront te baiser les mains.

J'essaierai de suivre tes conseils, mère.

Mais Tsou n'était qu'à moitié convaincu.

Il la quitta, mais pendant la journée, au milieu du bétail, il ne cessa de songer au buffle qu'il avait maîtrisé, aux grenouilles qu'il comprenait, aux nuages qui continuaient de lui obéir, même s'il n'en parlait plus à personne et enfin, à ce dragon terrorisé.

— Non, je ne ressemble pas aux autres enfants ! conclut-il. Ma mère le sait, mais elle se tait. Elle le cache pour me protéger, je la connais !

Un grand mystère battait en lui. Il en frissonnait.

— J'irai interroger Iu-Tsang, décida-t-il. Lui me répondra.

Le soir même, il frappait à la porte du bonze.

Tsou lui dressa le tableau de toutes les anomalies de sa vie et son maître l'écouta sans l'interrompre. Lorsqu'il eut terminé, Iu-Tsang le questionna.

— Est-ce que tu ne t'es pas un peu vanté d'avoir fait tomber la pluie ?

— Non maître. J'étais heureux, simplement, d'avoir mis un terme à nos tourments.

— Et quand tu as raconté que tu avais effrayé le dragon de la rivière, tu étais fier de toi, naturellement ?

— Pas du tout, maître. J'étais juste surpris. J'aurais préféré des explications au lieu des moqueries.

— Et tu parles aux buffles, n'est-ce pas ?... Et tu comprends les grenouilles ?

— Pas uniquement, maître. Je m'entretiens parfois avec les merles, les hirondelles et les hérons. Et puis les coqs, les chèvres et les brebis. La carpe et le goujon. Le lièvre des champs... Mais je me garde bien de le révéler, sinon que ne dirait-on pas ? Seule ma mère est au courant.

Iu-Tsang hochait la tête, l'air absorbé. À brûle-pourpoint, il lui posa cette dernière question, comme si une idée lui traversait l'esprit :

— Et ton sang, Tsou ?... De quelle couleur est-il ?

— Comme le vôtre, maître ! s'exclama Tsou en riant. Comme celui de tout un chacun. Jaune et noir, évidemment !

— Évidemment, reprit le bonze en écho.

Son opinion était arrêtée. Tsou était donc bien un dragon. Mais comment lui annoncer la vérité ?

« Attendons qu'elle se présente d'elle-même, décida le maître avec sagesse. Mieux vaut ne rien précipiter. Rien ne peut empêcher le fruit qui doit mûrir d'atteindre la maturité. »

Avant de clore l'entretien, il se borna simplement à renouveler ce conseil :

— Tsou, fuis la colère comme la peste ! Ne te fâche jamais, tu m'entends ? Au grand jamais !

Tsou acquiesça mais pour lui le mystère restait entier et, en quittant son maître, il n'était pas plus avancé.

Le temps est une caresse sur l'horizon étoilé. Tsou grandit, devint un beau jeune homme. Son aventure avec le dragon s'était beaucoup transformée à force d'avoir été répétée. Son surnom, en revanche, n'avait pas varié. On l'appelait toujours « Tsou, l'effrayeur de dragons ». Même s'il faisait contre mauvaise fortune bon cœur, au fond de lui, il ne l'acceptait pas.

Grâce à ses dons, pourtant, le Hunan n'avait plus jamais connu la sécheresse. Mais qui s'en souvenait ?

Heureusement, une nouvelle calamité s'approchait de la province. Bonne occasion de rafraîchir les mémoires et de ramener chacun à la raison.

Un épouvantable dragon rouge, en effet, affamait la région voisine du Hunan. Chaque jour, il exigeait un festin de chèvres, de porcs et de buffles, accommodés avec raffinement, qu'il engloutissait en un clin d'œil, pour hurler aussitôt qu'il avait faim et qu'on ne lui servait rien à manger.

Il aurait pu se métamorphoser en homme, comme savaient le faire tous les dragons et s'attabler dans les meilleurs restaurants, sans faire tant de complications. Mais, non ! Il voulait jouer les intéressants, horrifier les populations, incendier quelques villages et entendre les humains claquer des dents !

Par caprice, il menaça même de s'en prendre aux enfants et d'en dévorer tous les matins cent ! Pur chantage. Il les détestait, les trouvait insipides, fades à vomir, et n'aurait même pas croqué une fesse de bébé. Mais les parents étaient épouvantés et il jubilait de les voir filer, plus dociles que des agneaux.

Après quelques semaines de ce régime, le pays, saigné à blanc, sombra dans la famine. Tous les silos étaient vides et les troupeaux exterminés. Dragon rouge comprit qu'il n'avait plus rien à tirer de ces ruines, même en faisant régner la terreur et il décida de changer de quartier, tout simplement.

C'est ainsi qu'il s'invita dans le Hunan où il recommença à souffler son feu d'intimidation et de frayeur.

— Un véritable signe du ciel ! s'exclama

Tsou, en apprenant la nouvelle. L'occasion qu'il me fallait pour faire taire les ânes à jamais.

Les ânes, justement, avaient recommencé à braire.

— Alors, Tsou, dépêche-toi ! Toi qui prétends effrayer les dragons, qu'est-ce que tu attends ? Débarrasse-nous de celui-là !

Tsou était déjà sur le départ. Il saluait sa mère.

— N'agis pas par dépit contre les provocations, lui conseilla-t-elle en l'embrassant. Mais en ton âme et conscience, pour apporter des réponses à tes questions.

— Sois sans inquiétude, chère mère. Je n'ai jamais regretté de t'avoir obéi.

Il s'en alla, tranquille. Le grand mystère de sa vie, qui l'avait toujours accompagné, s'apaisait. Une certitude s'installait en lui : la paix d'une aube qui se lève et impose le silence aux oiseaux.

Deux jours après, il rencontrait le tyran rouge installé devant une montagne de victuailles.

Celui-ci, agréablement surpris de l'arrivée de ce jeune dragon vert, s'apprêtait à l'inviter à partager son repas, lorsque Tsou, scandalisé de le voir s'empiffrer, tonna :

— Va-t'en d'ici, immédiatement, affameur ! Tu n'es pas le bienvenu !

Dragon rouge s'étrangla devant une telle insolence.

— Quoi ! hurla-t-il la bouche pleine, en postillonnant. C'est toi qui ferais bien de disparaître, freluquet ! Non mais ! Je ne vais pas me laisser commander par un morveux, tout de même ! File avant que je te grille les écailles.

Il gesticulait tellement qu'il renversa un plat. Tsou, très poliment, le ramassa. En se baissant, sa queue de dragon (que le goinfre voyait, évidemment) se souleva et découvrit son postérieur. Sur sa fesse droite, un nombre était tatoué : dix mille. Son rang dans la famille royale. Le méchant comprit aussitôt à qui il avait à faire. Un prince héritier ! Sa belle robe écarlate vira au rose pâle et, pour la seconde fois, il s'étrangla.

— Pauvre de moi ! marmonna-t-il dans ses moustaches. J'ai déplu au roi et il m'envoie son dix millième enfant pour me punir.

Il s'empressa de se radoucir et, en courtisan rompu aux flatteries, essaya d'amadouer Tsou.

— Je suis vieux, Altesse... Comprenez-moi, bredouilla-t-il. Je n'ai plus guère de plaisir dans l'existence... Manger est le dernier...

Sans chercher à comprendre pourquoi ce rustaud lui donnait subitement de l'*Altesse*, Tsou se montra intraitable.

— J'ai dit que tu n'étais pas le bienvenu, Dragon rouge ! Compris ? Ni dans cette province, ni dans aucune autre province de Chine ! Vat'en ! Et si jamais j'entends encore parler de toi, je ne te dis pas le châtiment qui t'attend !

— Bien, Altesse... Pardon de vous avoir offensée... J'obéirai... Je vous jure que j'obéirai, Altesse...

Un convoi de nourriture arrivait justement et les hommes qui conduisaient les chariots assistèrent, ébahis, à la minable reddition de leur persécuteur.

Il s'était levé tout tremblant devant Tsou, et multipliait les courbettes à s'en déboîter les hanches.

— Suffit ! s'impatienta l'effrayeur. Allez ouste ! Du vent ! Je vais me fâcher !

Le Rouge déploya ses ailes maladroitement, mais il était tellement gavé qu'il ne parvint pas à décoller. Il retomba plusieurs fois avant de s'envoler.

— Hourrah ! s'écrièrent ceux qui assistèrent à cette victoire fracassante. Vive Tsou, l'effrayeur de dragons !

— Il faut le conduire chez l'empereur !

Depuis quand des paysans ont-ils accès au palais de l'empereur ?

Tsou les laissait dire en souriant. Il était satisfait. Il avait prouvé d'une manière éclatante qu'il savait se faire craindre des dragons. Pour le reste, il ne recherchait pas les honneurs. Ils arrivèrent néanmoins.

Il avait déjà regagné la cabane de sa mère et repris son travail de bouvier, lorsqu'un matin se présentèrent dans son village des envoyés du Maître de la Chine. Il avait appris l'exploit de Tsou et voulait faire sa connaissance.

Tsou partit donc pour la capitale et fut introduit auprès de l'empereur qui l'attendait au milieu de ses ministres.

— Ainsi, c'est toi l'effrayeur de dragons ! s'exclama le grand homme en le voyant. Ce n'est pas seulement le Hunan que tu as sauvé de la famine, en congédiant ce malotru, mais tout mon Empire. Je veux te récompenser. Dis-moi ce que tu veux.

Tsou réfléchit.

— Je crains de vouloir beaucoup, Majesté, commença-t-il après s'être incliné. Même si beaucoup est encore loin du compte.

L'empereur le regarda avec surprise, alors qu'un mouvement d'effroi agitait les rangs des ministres. Personne n'avait jamais osé s'adresser ainsi au tout puissant monarque.

— Tu ignores les usages, n'est-ce pas ? poursuivit celui-ci. Un courtisan m'aurait répondu : « Rien, Majesté. Je n'ai accompli que mon devoir pour vous servir ! » Mais tu n'es pas un courtisan...

Il laissa planer ses paroles sur l'assemblée, puis reprit.

— Formule maintenant ta requête, avec clarté.

— En premier lieu, j'aimerais mériter votre estime, Majesté, aujourd'hui et toujours. Ensuite, la sécurité pour ma mère qui m'a beaucoup aimé. Enfin, la reconnaissance pour mon maître qui m'a bien guidé par ses conseils.

L'empereur hocha la tête. Ce signe valait acceptation. Le sage Iu-Tsang fut donc nommé à la tête d'un monastère réputé et la vieille Kiou reçut un palais.

Le jour où elle s'y installa, l'ancienne prédiction du colporteur lui revint à l'esprit : « Tresse, jeune fille, tresse. Tes paniers feront ta richesse... »

Cet homme avait vu loin. Au-delà de l'impatience humaine. Kiou était en paix. Non parce qu'elle était riche, mais parce qu'elle était certaine maintenant que les dragons ne lui reprendraient plus son enfant.

Et l'enfant, justement, que lui arriva-t-il ?

Il reçut la récompense la plus suave, la plus délicieuse qui soit. Il épousa Mî, la fille préférée de l'Empereur, dont il devint le conseiller privé.

Tout se terminait au mieux pour lui : sa mère ne s'épuiserait plus à tresser des roseaux, il avait quitté pour toujours la compagnie des troupeaux et plus personne ne remettait ses dons en question puisque, dans toute la Chine, on le reconnaissait comme le seul et unique Effrayeur de dragons !

Une question demeurait cependant. Elle touchait au mystère de l'origine de sa vie qui continuait de frémir dans la pénombre de son cœur. Tsou doutait d'y faire un jour pénétrer la lumière, jusqu'à ce qu'un événement survînt, inattendu, banal... Une dispute. Une simple dispute conjugale. Mî, son épouse qu'il aimait tendrement, l'irrita. Pourquoi ? On ignore la raison. Elle l'irrita si violemment que Tsou, oubliant les conseils de modération que son maître lui avait appris, céda à la colère. Une colère terrible. Un véritable ouragan. Et... ce qui devait arriver arriva ! Son feu s'était libéré et, en jaillissant, l'avait transformé en dragon. Superbe animal, mais animal tout de même ! De luisantes écailles vertes, tirant sur le bleu, une crête puissante qui se prolongeait jusqu'à l'extrémité de sa queue, des moustaches soyeuses, un museau tiède et onctueux au toucher...

— Ciel, mon mari est un dragon ! s'écria Mî, des larmes dans la voix.

— Mais... je suis un dragon ! s'étonna Tsou de son côté, totalement décontenancé.

Il savait enfin qui il était et une grande paix se fit en lui.

Vite ! Il se radoucit et retrouva instantanément son apparence humaine pour consoler son épouse. Il la serra dans ses bras.

— Merci ma chérie, merci ! s'empressait-il. Grâce à toi, j'ai résolu l'énigme de ma vie. Ma mère l'avait percée à jour depuis longtemps, mon maître aussi, mais nul n'avait rien dit. Imitons-les à notre tour. Je te fais le serment de ne plus me fâcher, mais cette révélation, prenons-la comme un cadeau de notre amour. Chacun possède des secrets qui ne doivent pas être dévoilés. Tu connais les miens. Je te les offre. Ensemble, nous éclaircirons les tiens.

Ils refermèrent la porte de leur appartement et le conte fut prié de demeurer dans l'antichambre. Le détail de leur amour nous est donc inconnu. Seule la conséquence nous en est par-

venue : des enfants ! D'innombrables enfants !
Tellement, que tous les Chinois, aujourd'hui, se
prétendent « Fils du dragon » !

Preuve que le secret de Tsou n'a pas été si
bien gardé...

TABLE

« Pour l'éditeur, le principe est d'utiliser des papiers composés de fibres naturelles, renouvelables, recyclables et fabriquées à partir de bois issus de forêts qui adoptent un système d'aménagement durable. En outre, l'éditeur attend de ses fournisseurs de papier qu'ils s'inscrivent dans une démarche de certification environnementale reconnue. »

Composition PCA – 44400 Rezé
Achevé d'imprimer en Espagne par LIBERDÚPLEX
Sant Llorenç d'Hortons (08791)

32.10.2644.6/01 - ISBN : 978-2-01-322644-8
Loi nº 49-956 du 16 juillet 1949 sur les publications destinées à la jeunesse
Dépôt légal: mars 2008